朗读者 Ⅱ

主编　董卿

1

人民文学出版社

图书在版编目（CIP）数据

朗读者Ⅱ.1 / 董卿主编. —北京：人民文学出版社，2018（2023.3重印）
ISBN 978-7-02-014764-9

Ⅰ.①朗… Ⅱ.①董… Ⅲ.①中国文学—当代文学—作品综合集
Ⅳ.①I217.1

中国版本图书馆CIP数据核字（2018）第278430号

责任编辑	曾少美　张欣宜　廉　萍
装帧设计	陶　雷
责任校对	刘晓强　李　雪
责任印制	王重艺

出版发行	人民文学出版社
社　　址	北京市朝内大街166号
邮政编码	100705

印　　刷	北京盛通印刷股份有限公司
经　　销	全国新华书店等

字　　数	225千字
开　　本	890毫米×1290毫米　1/32
印　　张	9.75
印　　数	161001—164000
版　　次	2019年1月北京第1版
印　　次	2023年3月第18次印刷

书　　号	978-7-02-014764-9
定　　价	56.00元

如有印装质量问题，请与本社图书销售中心调换。电话：010-65233595

序言一

（签名）

这段时间，身边许多朋友都在谈论《朗读者》。他们中有些是文学界的同行，但大多数从事的工作与文学并无直接关联。他们有着各自不同、甚至罕有交集的身份，然而当谈论《朗读者》、谈论节目里那些经典篇章的时候，他们的眼睛里流露着相同的情感，那就是温柔与感动。我愿意相信，在这一刻，我与他们共享着同一个幸福的身份，那就是文学的阅读者、人类心灵的倾听者。

我同时注意到，由《朗读者》而起的诵读文学经典的热潮，并没有仅仅停留在媒体传播和好友热议的层面，它已经渗入了广大的人群，成为生活场景：许多城市都设置了"朗读亭"，每一个经过的人都可以走入其中，朗读自己喜爱的篇章并进行录制，他们的声音和形象将有可能出现在《朗读者》节目的正片之中。许多城市的"朗读亭"外都排起了长队，听说有读者为了录制三分钟的视频，在亭外耐心等待了足足九个小时。

《朗读者》已经成了一道醒目的文化风景、一种引人深思的文化现象。它向我们证明，诚挚、深沉、优美、健康的内容，在今天依然能够获得普遍的关注，好的文学永远拥有直指人心的伟大力量。常有人说，我们生活在一个匆忙浮躁的时代，当代人的精神世界平庸而匮乏。对于这样的观点，我只能部分地认同。当下的生活固然匆忙，很多时候，我们也的确面临着浮躁的问题；但即使出于种种原因，我们同自己内心相处的时间相对有限，人们依然会本能地渴望着纯粹、辽阔、有质量的精神生活。近年来，以《朗读者》为代表的一批文学文化类节目广受欢迎，正是因为它们引导人们放慢生命节奏，倾听内心的声音，顺应和满足了人们对精神生活的渴望。

《朗读者》中出现的文本，很多是经过漫长时间检验的名篇佳作；即使是出于今人之手的篇章，此前也多已在读者间广为流传。它们中有相当一部分，都当得起"经典"二字。何为经典？答案可能有很多，但我想最直接的一条，就是它们拥有温暖而强劲的力量，能够长久不衰地体贴灵魂、拨动心弦，触碰到我们情感深处最柔软最深刻的部位。这种力量，并不会因时间流逝和年代更迭而减弱。《朗读者》里的许多篇章，都是我早年间的挚爱；那些熟悉的文字，关乎爱与恨、喜与悲、生与死、豪情与希望，曾经深刻地启示了、影响了我们这一代人。很多年过去了，我发现，今天的年轻读者依然会为之鼓舞、感动；其中有许多句子，我至今能够脱口背诵，它们在新一代读者心中同样激起了深沉的回响。好的文学就是这样，它能够跨越年龄和代际的鸿沟，陪伴一代又一代人成长，在情感体验和文化记忆的代代传承之中，把种种高贵和美好的品质传递给无尽的后来人。

朗读，就是朗声诵读，是倾听自己的声音，也是倾听他人的声音。通过口的诵读与耳的倾听，汉语和它内在的气质、精神，以焕然一新的方式进入了我们的心灵。古老而常新的汉语,具有抑扬顿挫的独特韵律,这韵律不仅是美的,而且包含着我们共同的文化记忆和我们共同的情感。正是在这个意义上,《朗读者》使阅读成了认同的过程,一个人在朗读中寻求更为广大的联系——通过这美好的母语,我们不仅彼此看见,我们还得以彼此听见,我们得以完成彼此身份的响亮确证,由此结成血脉相连、情感相通的共同体。

现在,《朗读者》里的故事和诵读篇目已被整理成书,由人民文学出版社出版,将有更多的读者阅读和朗读这些作品,从中感受真善美的力量,感受文学的力量。同时,这一切也是对包括我在内的写作者的提醒:一个人内心的声音在广大的人群中持久回响,这是世上最美好的事,这更是一份严肃庄重的责任。我们会更深刻地记住这份提醒,认真地写下去,把心交给读者,把更多的好作品献给我们的人民。

序言二

叶嘉莹

　　二〇一七年的时候,董卿女士邀请我参与《朗读者》节目的录制。我是一九二四年生人,年纪很大了,本来不接受媒体的采访和活动,但听到约我去吟诵,我就去了。在我的心目之中,吟诵是诗歌生命里边最重要的一部分,古人作诗大都是伴随着吟诵写出来的。我这么大年纪的人,从小都有这种吟诵的习惯。中国古典诗歌之美最需要以吟诵来传达,吟诵的时候,声调、音节的美感都会跑到你的头脑里、心灵里。吟诵久了,你不用专门学平仄、押韵,自然就学会合辙押韵了。我亲自体会到了古诗之美、吟诵之美,而现在的青年人,他们找不到一扇进去的门。我一辈子不辞劳苦所要做的事情,就是把这扇门打开,让大家都能走进去。

　　在我看来,《朗读者》也在扮演一个开门人的角色,它借由朗读的魅力来推广阅读,将最有生命力的文字普及于社会,将普通的读者都接引到最美好、动人的文学里面来。我认为这是《朗读者》最大的意义和价值所在。朗声读诵,往往是接近一篇文学作品最快、最直接、最深入的方式。

　　文学的力量是惊人的。《朗读者》之所以令我们感动,就是因为它将我们的人生与文学紧密牵连在了一起,它为所有世间的苦痛与无奈、热望与激情,都找到了最贴近的文字。在朗读的时候,我们的灵魂与文学家的灵魂遥相呼应,碰撞出兴发感动之力。我的一生有诸多不幸,遭遇了许多打击,文学始终是支持我走过忧患的力量,是给我带来慰藉的源泉。我有了诗词,有了文学,便有了一切。其实,对每一个有感觉、有感情的人来说,都会是如此。

《朗读者》第一季图书由人民文学出版社出版,听闻受到大量读者的喜爱,我感到很高兴。这说明现在人们还是愿意阅读,愿意与文学亲近。人民文学出版社出版文学作品的历史颇为悠久,他们出版的图书囊括古今中外,给中国几代读者带来莫大影响。《朗读者》的出版,意味着他们又多了一种可以长久流传、影响深远的好书。今年,他们推出新一季的《朗读者》图书,我希望明年、后年,都能有新一季的图书继续出版,希望他们将推广阅读这件重要的事情长远地做下去。

目 录

初 心

朗读者　薛其坤　7
读　本　礼记·大学（节选）　14

朗读者　徐　卓　19
读　本　白色大鸟的故乡　张抗抗　25

朗读者　姚　明　33
读　本　真实的高贵　佚名　39

朗读者　宗庆后　41
读　本　八十述怀　季羡林　48

朗读者　贾平凹　53
读　本　山本（后记）　贾平凹　60
　　　　秦腔（节选）　贾平凹　66
　　　　浮躁（节选）　贾平凹　69

想 念

朗读者 许鞍华 77
读　本 也斯寄来邓阿蓝和我的合照——回答　马若 83

朗读者 果果父母 85
读　本 妞妞：一个父亲的札记（节选）　周国平 96
　　　　 生命本来没有名字　周国平 101

朗读者 双雪涛 105
读　本 卡拉马佐夫兄弟（节选）　[俄] 陀思妥耶夫斯基 111

朗读者 袁　泉 115
读　本 牡丹亭·惊梦　〔明〕汤显祖 121

朗读者 崔之久 125
读　本 我的母亲　老舍 135

生　命

朗读者 胡　歌 147
读　本 哈姆莱特（节选）　[英] 威廉·莎士比亚 157

朗读者　黄泓翔　165
读　本　寂静的春天(节选)　[美] 蕾切尔·卡森　172

朗读者　阿　乙　177
读　本　我与地坛(节选)　史铁生　183

朗读者　王　石　187
读　本　论幸福生活(节选)　[古罗马] 塞涅卡　194

朗读者　曾孝濂　199
读　本　落叶　贾平凹　206

纪念日

朗读者　邓清明　215
读　本　望星空(节选)　郭小川　222

朗读者　刘　烨　231
读　本　小王子(节选)　[法] 圣埃克苏佩里　239

朗读者　潘建伟　245
读　本　我的世界观(节选)　[美] 阿尔伯特·爱因斯坦　252

朗读者　朱德庸　257
读　本　写给童年的一封信　朱德庸　263

朗读者 靳尚谊 265
读　本 遗嘱　[法]奥古斯特·罗丹 272
　　　　1940年滕固校长寄言国立艺专毕业生　滕固 277
　　　　白石老人自述（节选）　齐白石 279
　　　　中央美术学院成立献辞　徐悲鸿 282

代后记一　加强传统文艺节目创新　慎海雄 285
代后记二　惯性奔跑　董卿（口述） 287

初　心

Aspiration

什么是初心？初心可能是一种远大的志向：世界能不能变得更好？我要去试试。初心也许是一个简单的愿望：凭知识改变命运，靠本事赢得荣誉。有的初心，走着走着，丢失了；有的初心，走得再远，我们依然会坚定地去靠近它。孔子说："居之无倦，行之以忠。"有一天，我们会发现，抛开一切世俗的附加，我们的信念和本心才是最为宝贵的，它存在于向善、向美、向真的追求当中。

初心在最开始的时候往往简单、朴素，但是它会慢慢长大，就像一颗种子能够长成参天大树，又仿佛站在零的起点，慢慢绵延成很长很长的道路。到最后我们会发现，所谓初心就是在自己所有的愿望、誓言和梦想当中，离自己的本心最近的那颗心。

《朗读者》的初心也很朴素：用最真挚的情感、最美好的文字抚慰人心。2018，朗读依旧，初心不改。

初 心

Aspiration

走进朗读亭

Reading Pavilion

  2018年5月5日是马克思诞辰二百周年纪念日，我要朗读一段他的话送给我的同学们。
  哲学家们只是用不同的方式解释世界，而问题在于改变世界。

朗读者　孙有才（学生）

  马克思的一生离不开他的妻子燕妮的支持与帮助。我们今天想朗读《致燕妮的信》节选。
  我如能把你那温柔而纯洁的心紧贴在自己心上，我就会默默无言，不作一声。

朗读者　田桥　付胜南（二十四岁，学生）

  我想朗读的是马克思的作品《感触》节选。
  我无法强迫自己顺应流俗，也不愿碌碌无为，听天由命。我要拥抱万里长空，我要把世界融汇于心胸。

朗读者　黄蕊（三十三岁，学生）

初心是最初的梦想。

我从1951年就开始翻译马列著作了，直到2005年底，算起来是五十五年。马克思在高中时就立志要为解放全人类而奋斗，所以我要对当代的青年说：你们青春的光辉、生命的意义，就在于为理想而奋斗。只有奋斗，才是我们民族的希望。我将卡尔·马克思《青年在选择职业时的考虑》献给你们。

每个人眼前都有一个目标，这个目标至少他本人看来是伟大的……如果我们选择了最能为人类福利而劳动的职业，那么，重担就不能把我们压倒，因为这是为大家而献身；那时我们所感到的就不是可怜的、有限的、自私的乐趣，我们的幸福将属于千百万人，我们的事业将默默地、但是永恒发挥作用地存在下去，而面对我们的骨灰，高尚的人们将洒下热泪。

朗读者　宋书声（九十岁，译审、马列著作翻译家）

Readers

XUE QI KUN

朗读者

薛其坤

从履历上看，生于1963年的薛其坤可谓顺风顺水：三十五岁晋升教授，四十二岁成为中国科学院最年轻的院士之一，四十七岁当上清华大学物理系主任，四十九岁带领团队在实验室里发现量子反常霍尔效应——被杨振宁称为"中国本土实验室里首个出现的诺贝尔奖级别的实验"，因此获得第一届未来科学大奖。他的许多科研成果被国际同行津津乐道，认为他战胜了"几乎不可战胜的困难"。

然而实际上，薛其坤的学术人生并非一路平顺。他从贫穷山村走出来，曾屡次考研失败，也曾因仪器条件所限，科研工作遭遇瓶颈，博士更是读了七年。在他闪耀的学术成就背后，是几十年如一日对科学的热情与专注，以及超乎寻常的艰辛付出。

面对成就和荣誉，薛其坤谦和、低调；一旦回到工作和学生中，他又变得幽默、热情。如今，身为清华大学副校长，"把科研工作一步一步做上去，把学生一个一个培养出来"成了薛其坤最朴素的愿望。他期待未来的某一天，科学家不再和贫困、枯燥相伴，科学家也能成为年轻人的偶像。

朗读者 ❀ 访谈

董　卿：我知道您来自山东临沂的一个农村家庭。您小时候就对科学感兴趣吗？

薛其坤：那个时候应该说是有一种朦朦胧胧的、很朴素的目标——要当一个科学家，那将是多么伟大！因为我们在学课本的时候会学到牛顿，会知道爱因斯坦，这些科学家给人类社会带来非常大的福祉。那时候在村里上学，把一棵树劈开，整棵树作为我们的课桌，凳子是自己家带的。从当时的学习成绩来讲，我最有可能考上大学，所以家里把所有的支持都放在我的身上了。

董　卿：后来您就报考了山东大学的物理系。

薛其坤：是的。1984年是我大学毕业的那一年，我选择了考研究生。第一次，我的高等数学考了三十九分，第二次，我比较擅长的普通物理或者叫大学物理也考了三十九分，这两个三十九分让我非常郁闷。我就说，可能因为和别的成绩差别比较大，也正好暴露了我在基础知识上的短处，所以每一次考试都应该是把我的基础知识打扎实的一次非常好的机会。最后在大学毕业的第三年，我才考上了研究生。

董　卿：1992年，您去了日本仙台的东北大学研究所开始读博，那是您人生非常艰苦的一段求学的经历。

薛其坤：那应该说是在我个人成长中最难的一段时间。我不懂日语，没有一个朋友，自己的夫人和孩子也不在旁边，更重要的是语言不通，所以学习高精尖的实验技术是一件非常难的事情。

你都听不懂话,怎么去学习呢?为此我经常受到导师的批评,而且这个批评带着一种蔑视的眼光。在一年的时间里,我有七八个月想放弃,想回家,想回国。

董　卿:那段时间特别难熬,可能也是因为您碰到了一个特别严厉的导师——樱井利夫。

薛其坤:他是一个极其严厉的导师。他的实验室有个外号叫"7-11",就要求我们必须在早上7点前到达实验室,晚上11点以后离开实验室。偶尔一天,我找个理由说7点半到,他是绝对不会批准的。

董　卿:困吗?

薛其坤:困啊,是真困。

董　卿:有坐下来睡着的时候吗?

薛其坤:有。日本的厕所比较干净,我就把门关上,自己打个盹。经常会这样。

董　　卿：坐在马桶上打盹？

薛其坤：坐在马桶上打盹。时间还不能长了，得保证二十分钟出去一下，才可能没人注意得到。这是我当时觉得自己还挺聪明的一个主意。

董　　卿：您还记得让您最受不了的是什么？

薛其坤：我的一个小导师叫我花了三天时间，把几千上万个螺丝摆得整整齐齐，严格地进行分类，当时我最直接的感觉是，这是在侮辱我。但后来我发现，这种分类的锻炼为一个科学家基本素质的培养提供了非常重要的环境。

董　　卿：您的导师从什么时候起改变了对您的看法呢？

薛其坤：我做的第一个课题在一年半以后就取得了非常重要的突破。现在回想起来，这个突破是他的实验室在日本东北大学接近三十年最重要的成果，所以我一下子成了他眼中的王牌，明星似的。

董　　卿：就是从最不受待见的成了他最得意的门生了。

薛其坤：最不受待见的，你表达得非常准确。可以说从丑小鸭变成了小天鹅。

董　　卿：是不是也激发了您自己对实验本身很大的兴趣？

薛其坤：你讲得太对了！读博士已经第六年了，我才终于接近或开始实现小时候或上大学时朦朦胧胧追求的理想和目标。那个时候我才开始体会到做科学研究的美妙。

董　　卿：您也不困了？

薛其坤：在正常情况下，十几二十分钟，我总是要出去吸根烟，但是当你采到精彩数据的时候，你才发现三个小时没吸烟了。追求科学给你带来的兴趣，真是可以让你忘掉时间、忘掉烦恼、忘掉周围。

董　卿：我相信导师肯定也更加地欣赏你，而且器重你。

薛其坤：他也是个科学家，一看到他的学生开始走上这样正确的科学道路，他自然很受鼓舞，很感动，所以他马上要掏钱请我吃饭。（全场笑）

董　卿：吃饱了吗？

薛其坤：吃饱了，他还请我喝酒了，喝了点啤酒，点了日本生鱼片，吃过吧？（全场笑）

董　卿：这段生活在您的生命当中还是留下了一个烙印的，比如说，现在您也成了"7-11"教授。

薛其坤：是。我现在有一个非常强的理念就是科学强国，教育强国，培养最有竞争力的人才，所以我对学生要求更严，当然学生成才的概率就更高了。跟着我拿到博士学位的学生有七十七八个，博士后有十五个。

董　卿：量子反常霍尔效应可能是量子霍尔效应家族中最后一个重要成员，全世界很多科学家把发现它看作自己的一个奋斗目标。

薛其坤：是的。一百三十多年的量子霍尔效应研究历史中曾经出了四个诺贝尔物理学奖获得者，他们的工作都是需要磁场的量子霍尔效应，咱们发现的这个量子反常霍尔效应是唯一一个不需要磁场的量子霍尔效应。因此当这个概念出现的时候，全世界可以说最顶尖的研究组都想攻克这个难题，像日本的东京大学、德国的维尔茨堡大学、美国的普林斯顿大学、斯坦福大学、麻省理工学院。

董　卿：但最后，是您的学术团队首个发现了量子反常霍尔效应。

薛其坤：是，因为我有一个理想，就是不辜负国家的支持，争取攻克这种世界上最有影响力的科学难题。

董　卿：您今天的朗读是要献给谁呢？

薛其坤：我想献给我们清华物理的奠基人——第一任物理系系主任叶企孙先生，以及为我们中国物理事业的发展做出突出贡献的诸多前辈们。叶先生是物理学的大师，他培养了像王淦昌、彭桓武这样的"两弹一星"的功勋人物。

董　卿："两弹一星"的二十三位功勋科学家当中有一半以上是叶企孙先生的学生，所以他也被人们称为"大师的大师"。

薛其坤：今年是他诞辰一百二十周年，所以这次节目刚好是对叶先生的一个非常好的怀念的机会。

董　卿：大学之道在清华大学物理系的这群先生们身上得到了印证，那也是他们的初心所在。而如今，这份初心应该属于所有中国的当代青年。习近平总书记在重要讲话中对青年们提出了希望和要求：忠于祖国，忠于人民，立鸿鹄志，做奋斗者，求真学问，练真本领，知行合一，做实干家。这也是青年一代健康成长应该遵循的道路和坚持的方向。

朗读者 ❋ 读本

礼记·大学（节选）

　　大学之道，在明明德，在亲民，在止于至善。知止而后有定，定而后能静，静而后能安，安而后能虑，虑而后能得。物有本末，事有终始。知所先后，则近道矣。

　　大学的宗旨，在于彰显光明的德行，在于使人革旧更新，在于使人的道德达到最完善的境界。知道人应达到的境界才能够志向坚定，志向坚定才能够沉静，沉静才能够随遇而安，随遇而安才能够思虑详审，思虑详审才能够有所收获。万物都有根本有枝末，万事都有开始有终结，知道了这本末始终的程序，就接近事物发展的规律了。

　　古之欲明明德于天下者，先治其国；欲治其国者，先齐其家；欲齐其家者，先修其身；欲修其身者，先正其心；欲正其心者，先诚其意；欲诚其意者，先致其知；致知在格物。

　　古代那些想要在天下彰显光明正大品德的人，先要治理好自己的国家；想要治理好自己的国家，先要管理好自己的家庭；想要管理好自己的家庭，先要修养自己的品性；想要修养自己的品性，先要端正自己的本心；想要端正自己的本心，先要使自己的意念真诚；想要使自己的意念真诚，先要使自己获得知识；获得知识的途径在于探究事物的原理。

物格而后知至，知至而后意诚，意诚而后心正，心正而后身修，身修而后家齐，家齐而后国治，国治而后天下平。

> 通过对万事万物原理的探究，才能获得知识；获得知识后，意念才能真诚；意念真诚后，本心才能端正；本心端正后，才能修养品性；品性修养后，才能管理好家庭；管理好家庭后，才能治理好国家；治理好国家后，天下才能太平。

所谓诚其意者，毋自欺也。如恶恶臭，如好好色，此之谓自谦。故君子必慎其独也！小人闲居为不善，无所不至，见君子而后厌然，掩其不善，而著其善。人之视己，如见其肺肝然，则何益矣。此谓诚于中，形于外，故君子必慎其独也。曾子曰："十目所视，十手所指，其严乎！"富润屋，德润身，心广体胖。故君子必诚其意。

> 所谓使意念真诚，是说不要自己欺骗自己。就像厌恶恶臭的气味一样，也像喜爱美色一样，一切都发自内心，这样才能使自己心安理得。所以，君子哪怕是在一个人独处的时候，也一定要谨慎不苟。小人在平时为非作歹，做尽坏事，及至见到君子便躲躲闪闪，掩盖自己的邪恶行径，而显示其如何善良。殊不知，别人看自己，就像看见自己的心肺肝脏一样清楚，掩盖有什么益处呢？这就是说内心的真实总要表现到外面的，所以，君子哪怕是在一个人独处的时候，也一定要谨慎不苟。曾子说："许多眼睛看着你，许多只手指着你，这是多么可怕啊！"财富能装饰房屋，道德却可以润饰身心，心胸宽广，而身体自然舒泰安康。所以，君子一定要使自己的意念真诚。

所谓修身在正其心者，身有所忿懥，则不得其正；有所恐惧，则不得其正；有所好乐，则不得其正；有所忧患，则不得其正。心不在焉，视而不见，听而不闻，食而不知其味。此谓修身在正其心。

> 所谓修身要先端正本心，是因为心有愤怒，就不能够端正；心有恐惧，就不能够端正；心有偏好，就不能够端正；心有忧虑，就不能够端正。心思被不端正念头所困扰，就会心不在焉，虽然在看，却像没有看见一样；虽然在听，但却像没有听见一样；虽然在吃东西，但却不知道食物滋味。这就是说，修身必须要先端正本心。

所谓齐其家在修其身者，人之其所亲爱而辟焉，之其所贱恶而辟焉，之其所畏敬而辟焉，之其所哀矜而辟焉，之其所敖惰而辟焉。故好而知其恶，恶而知其美者，天下鲜矣！故谚有之曰："人莫知其子之恶，莫知其苗之硕。"此谓身不修不可以齐其家。

> 所谓治好自家在于先修养自己，是因为人们对于自己所亲爱的人，往往会过分偏爱；对于自己轻贱和厌恶的人，往往会过分轻贱厌恶；对于自己敬畏的人，往往会过分敬畏；对于自己同情的人，往往会过分同情；对于自己轻视和怠慢的人，往往会过分轻视和怠慢。因此，很少有人能做到喜爱某人同时又知道那人的缺点，厌恶某人同时又知道那人的优点。所以有俗话这样说："人不知道自己孩子的过失，人看不到自己庄稼的苗壮。"这就是不修养自身就不能治好自家的道理。

所谓治国必先齐其家者，其家不可教而能教人者，无之。故君子不出家而成教于国。孝者，所以事君也；弟者，所以事长也；慈者，所以使众也。《康诰》曰："如保赤子。"心诚求之，虽不中不远矣。未有学养子而后嫁者也。一家仁，一国兴仁；一家让，一国兴让；一人贪戾，一国作乱。其机如此。此谓一言偾事，一人定国。尧、舜帅天下以仁，而民从之；桀、纣帅天下以暴，而民从之。其所令反其所好，而民不从。是故君子有诸己而后求诸人，无诸己而后非诸人。所藏乎身不恕，而能喻诸人者，未之有也。故治国在齐其家。

所谓治理国家必须先治好自己的家庭，是说连自己家人都不能管教好而能管教好别人，这是没有的事。所以，有修养的人不出家门就能完成对整个国家的教育。对于父母的孝顺，可以用于侍奉君主；对于兄长的孝敬，可以用于侍奉尊长；对于子女的慈爱，可以用于对待民众。《康诰》说："爱人民如同爱护婴儿一样。"内心真有这种仁爱的追求，即使达不到目标，也不会相差太远。要知道，没有谁先学会了养护孩子再去出嫁的啊！一家仁爱，一国人受到感化，也会兴起仁爱；一家礼让，一国人也会受到感化，兴起礼让；一人贪婪暴戾，一国人就会受到影响，纷纷作乱。其关联就是这样紧密。这就叫作：一句话就会坏事，一个人就能安定国家。尧、舜用仁政统率天下，老百姓就跟着学仁爱；桀、纣用暴政统率天下，老百姓就跟随着学凶暴。国君的命令与自己的实际做法相反，老百姓是不会依从的。所以，品德高尚的君子，总是自己先做到，然后才要求别人做到；自己先不这样做，然后才要求别人不这样做。如果自己不采取这种推己及人的恕道，而想让他人按照自己的意思去做，那是不可能的。所以说，君主要治理好国家必须先治理好自己的家庭。

所谓平天下在治其国者，上老老而民兴孝；上长长而民兴弟；上恤孤而民不倍，是以君子有絜矩之道也。所恶于上，毋以使下；所恶于下，毋以事上；所恶于前，毋以先后；所恶于后，毋以从前；所恶于右，毋以交于左；所恶于左，毋以交于右。此之谓絜矩之道。

所谓平定天下在于先治理好自己的国家,是因为在上位的人尊敬老人,老百姓就会兴起孝顺自己父母的风气;在上位的人尊重长者,老百姓就会形成敬长的风气;在上位的人怜恤孤幼,老百姓也同样不会背弃这一美德。所以,君子总是实行以身作则、推己及人的"絜矩之道"。凡是处于上位的人的某种作为为我所厌恶,就不用这种做法去对待处于下位的人;凡是处于下位的人的某种作为为我所厌恶,就不用这种做法去对待处于上位的人;我若厌恶前面的人的作为,就不用这种做法去对待后面的人;我若厌恶后面的人的某种做法,就不用这种做法去对待前面的人;我若厌恶右边的人的某种做法,就不用这种做法去对待左边的人;我若厌恶左边的人的某种做法,就不用这种做法去对待右边的人。这就叫作"絜矩之道"。

〔本文由薛其坤与张礼(九十三岁,清华大学物理系教授)、向涛(五十五岁,中国科学院院士、凝聚态物理学家)、朱邦芬(七十岁,中国科学院院士、凝聚态物理学家)、周树云(三十八岁,清华大学物理系教授,2017年获第十三届"中国青年女科学家奖")等一起朗读。〕

《大学》描述的是战国秦汉时代理想的君子教育,或者说是大学教育。《大学》中所谈的是君子精神的建设,就我们今日来说,它对于我们国民精神的建设仍具有特别的意义。

——中国人民大学文学院副院长　徐建委

X U

Z H U O

徐 卓　朗读者

"走过那片芦苇坡,你可曾听说,有一位女孩,她留下一首歌……"1990年,这首《一个真实的故事》唱遍了大江南北。正如这首歌的名字一样,它来源于一个真实的故事。

歌中所唱的女孩叫徐秀娟,从小和家人生活在黑龙江国家级自然保护区——扎龙湿地。徐秀娟是中国第一代养鹤人徐铁林的女儿,从扎龙湿地保护区成立的那天起,他们一家人就成了那里的丹顶鹤守护人。1986年,徐秀娟来到江苏盐城自然保护区工作。1987年9月15日,徐秀娟为了寻找一只走丢的丹顶鹤,不幸在复堆河中溺水,年仅二十三岁,将生命献给了一生热爱的养鹤事业。徐秀娟牺牲后,弟弟徐建峰接替姐姐继续守护丹顶鹤。然而让人心痛的是,2014年,徐建峰和他的姐姐一样,倒在了沼泽地里,也为那群鹤献出了自己的生命。

徐卓是徐建峰的女儿,"中国第一位驯鹤姑娘"徐秀娟的侄女,徐家的第三代养鹤人。她今年二十三岁,跟姑姑去世时的年纪一样大。从东北林业大学野生动物资源学院毕业后,她告别繁华都市,回到了扎龙湿地保护区。她说:"只有在这里,我才能找到内心的安宁。"她决心沿着爷爷、姑姑和爸爸的足迹前行,延续自己的家族与丹顶鹤长久的缘分。

朗读者 ❋ 访谈

董　卿：刚才在介绍你的时候我们先听了《一个真实的故事》。你第一次听到这首歌是什么时候？

徐　卓：四岁左右。这首歌都不能在家里放，一放奶奶就会很难过。那个时候，我对生死的概念也不太明白。

董　卿：等你慢慢长大以后，你了解大姑是一个什么样的人呢？

徐　卓：我觉得大姑是个很有韧性、很执着的人。

董　卿：为什么这么说呢？

徐　卓：大姑的日记里有一句话："我可以不要金钱，不要家庭，不要地位，不要我应得的一切，甚至连命也不要了，但我不信女子不能干一番事业。"当时和她一起去盐城保护区建设的很多同伴因为条件太恶劣放弃了，而大姑在那里坚持了下来，还写下了这句话，对我的触动挺大的。

董　卿：我在徐秀娟的日记里还看到她曾经非常非常仔细地用图示记下了鹤卵孵化的整个过程，真的很生动：从一点点地破壳，一直到最后的孵化。一般孵化一个鹤卵大概需要等多长时间？

徐　卓：三十二到三十三天，挺准的。现在是学校老师有一个固定的系统教给我，但这个三十二三天是大姑他们那代人自己总结的。所以我觉得他们那会儿真的是很难。（掌声）

董　卿：我还看到一篇日记，她说："它又一次挣扎着站起，接着就蹬着两条腿死去了……小雏鹤死前几分钟，用期待的目光看着我，我的心都要碎了，我痛哭着掰开它的嘴，见里面有血，我试图把血吸出来，但吸不出。"会不会是这样的事情促使

　　她后来下决心要去大学进修,去掌握更多的专业知识?

徐　卓:是的。她特别重视学习,但那会儿我们家很穷。我爷爷是一个很正直的人,小时候爷爷带我在扎龙村长大的地方是一个小土坯房,但是我过得很快乐。听我们老师和当地的村民说,在丹顶鹤快要濒危的年代,有日本人收购丹顶鹤蛋壳作为收藏品。两枚卵就可以换一辆别克小轿车,但我爷爷从来没这么做过。之后大姑去东北林业大学进修,学杂费全是靠自己四次献血换的钱支撑的。

董　卿:她后来学业完成得好吗?

徐　卓:我大姑是十一门功课全优,并在两年之内把学业全部完成。

董　卿:大姑走的时候二十三岁,这么年轻,就跟你现在的年龄差不多吧?

徐　卓:对。当时爷爷奶奶真的感到天塌下来了一样。(流泪)

董　卿：但是，你姑姑走了以后，没想到你爷爷居然会动员你爸爸回到扎龙湿地，继续做守鹤人。

徐　卓：（点头）其实也不算爷爷动员。保护区建设之初，我们家就是全家总动员，我爸自然也会跟鹤有接触。我小时候特别不懂事，因为他每天需要在野外工作很长时间，脖颈后面有一块儿被晒红了，晒到有点儿类似桌木的红棕色。我还嘲笑他说："爸，你瞅你晒得跟烤猪肉似的。"现在想想，真是挺难过的。

董　卿：他在扎龙工作了有十多年吧？

徐　卓：十八年。

董　卿：正好是你的一个成长阶段。

徐　卓：所以他根本没有时间照顾我。我就在哈尔滨上的大学，学校离家很近，到分别的时候，爸爸在宿舍门口，眼圈都红了。我很少看到我爸爸哭，他还很好面子：走廊是暗的，他还把墨镜戴上了。当时我觉得又搞笑，又挺想他，是一种很难受的感觉。（流泪）

董　卿：爸爸走了之后，爷爷奶奶怎么会舍得让你再回到扎龙？

徐　卓：爷爷奶奶其实是舍不得的。

董　卿：我觉得他们肯定舍不得。

徐　卓：一开始，他们，包括妈妈都挺反对的，因为爸爸走得太突然了，都没有给我机会跟他告别。我挺想他的。

董　卿：我觉得你是个特别勇敢的姑娘，扎龙湿地毕竟是家庭的一个伤心地，很多人可能无法直面它。

徐　卓：我总觉得如果我继续干他的这份事业，就好像爸爸还在我身边指导我一样。有的时候突然看到一只鹤起飞，我就感觉爸爸在我身边，观察、监督着我工作。

    我大姑是在盐城牺牲的,而丹顶鹤是从盐城保护区开始迁徙的。每年奶奶都会问我:"鹤飞没飞回来呀?到没到达这块儿住啊?"他们总感觉鹤飞回来时,大姑也跟着飞回来了。

董　卿:爸爸出事之后,你放弃了保研,转到了林业大学学习野生动物专业?

徐　卓:对。

董　卿:这个很重要的人生选择的初心是来自哪里呢?

徐　卓:这种初心就是,每当我遇到什么事,考虑要不要继续做、继续走下去的时候,我都会提醒自己记得当初是为了什么出发的。我爷爷说:"干事就是你记住你干的事,不要被别人戳到脊梁骨。"我爸爸总说:"清清白白做人,认认真真做事。"我希望我能活成我最初期待的自己心中的样子,而不是活成别人期待的我的样子。

董　卿:你想要为大家读一篇什么呢?

徐　卓:我想为我的家人朗读张抗抗老师的《白色大鸟的故乡》。

董　卿:她写了自己对扎龙湿地的渴望。她说,世界上从来没有一种动物能够有这么美的姿态。这些你都见过。

徐　卓:造物主比较钟爱鹤,尤其是它伸展翅膀集体飞翔的时候,场面特别壮观。

董　卿:你的爷爷年轻时,丹顶鹤已经濒临灭绝;现在,扎龙的丹顶鹤达到八百多只,要再次谢谢你,谢谢你的爸爸、你的姑姑、你的爷爷奶奶,以及所有为了保护这些野生动物而付出努力的人们。谢谢你们!

徐　卓:谢谢您!

朗读者 ❋ 读本

白色大鸟的故乡

张抗抗

很多年一直想去叫作扎龙的那个地方。

扎龙那个地名已在耳边盘旋了许多年,带着沼泽地深处水的腥味与草叶的湿润气息,海绵般柔软地吸取了我内心的向往。

只是因为那些白色的大鸟——丹顶鹤。

许多年前我曾见过它们奇妙的舞蹈,许多年里我在天空中寻找它们的踪影。每年早春,它们以家族为单位,两三家结伴而行,从江苏盐城返回齐齐哈尔市郊的扎龙湿地繁衍育雏;秋风霜寒,它们带着已经学会飞行的幼鹤,返回盐城的海边滩涂过冬。那是一条多么漫长而遥远的飞行路线,一年一度乐此不疲的远征与悲壮巡回。每次飞机穿行于高空,我都期盼在天上的云层间与仙鹤们相遇——它们飞得如此之高,以至于站在地上的人们,从未能仰望到它们飞行的姿态。

所以我是一定要去扎龙的。"扎龙"为蒙古语,是"扎兰"之音转,意为饲养牛羊的圈。扎龙位于黑龙江松嫩平原,乌裕尔河下游湖沼苇草地带,原为渔区,是中国目前面积最大的芦苇沼泽湿地。一九八三年建立扎龙自然保护区管理局,一九八七年被批准为国家级自然保护区。

发源于小兴安岭西麓林区的乌裕尔河,被冬季丰厚的大雪滋养;开春后水量沛,浩浩荡荡穿过广阔的山地平原,流经齐齐哈尔一带下游地区,已无明显河道,逐渐与苇塘湖泊连成一体,然后流入龙虎泡、连环湖、南山湖，最后消失于杜蒙草原。

失去了河道的乌裕尔河，下游的河水漫溢而成旷然无际的淡水沼泽——漂筏甸子、苇荡、苔草、藻类……年复一年蓬勃生长，终于成为一片专为丹顶鹤以及其他大型鸟类、鱼类构设的天堂。谁能说迷失的乌裕尔河，不是由于领受了上天的旨意，才有意在扎龙一带滞留徘徊不去的呢？也许需要很多年才能参悟，那些貌似迷途与涣散的大水，其中蕴藏着自然之神所授的怎样的玄机与奥秘？我们无法得知那些白色的大鸟，究竟是在哪一年的一个温暖的春日，如天上的白云一般飘来，轻轻降落在碧绿的苔地上，然后轻歌曼舞、筑巢产卵……当我来到这里的时候，我眼前的这片绿色沼泽，已成为白色大鸟年年不离不弃的圣地和家乡。

如今在扎龙自然保护区内，栖息着本地鸟类二百六十余种，以大型游禽涉禽例如丹顶鹤、白枕鹤、白鹭、草鹭，还有候鸟旅鸟例如野鸭、大雁、雀类为主；鱼类四十六种，昆虫二百七十七种，还有麝鼠、雨蛙、蚌、鳖，等等——在眼前静谧安然的湖沼芦荡中，潜藏着一个何等自由喧闹而巨大的动物乐园。丰茂密实的苇草犹如层层叠叠的墙，在我的视线中看不见一只大鸟。无人的湿地为野生动物设立了一道道天然屏障，将人类无处不至的侵入脚步，阻挡在陷阱一般克敌制胜的沼泽地之外了。

在扎龙湿地，参观的节目其实颇为丰富：录像室可观看扎龙保护区的专题资料片；在野生动物标本厅，可见到生活在扎龙的几十种大鸟形态优美栩栩如生的标本；还有人工饲养在笼中专供观赏的世界各地的仙鹤种类；最后将见到冬夏常年驻寨扎龙的成群丹顶鹤留鸟。

登上保护区管理局专为观鸟所建的五层楼高的望鹤楼，只见碧水连天，芳草连天；水外有水，水天一色；湖面上浮漾着一圈一圈若隐若现的"涟漪",波斯地毯图案似的静止不动。管理局的李长友局长说:那是野生菱角,开花时节,湖面就会变成一片金黄。

从望鹤楼五层平台的望远镜镜头里,我终于远远地见到了两只东方白鹳。它们蜷在一根木桩顶上搭起的草窝里,正在喂养刚刚孵化不久的雏鸟。据说这种鸟专栖于树顶,但沼泽无树,扎龙人为"引凤"而特地架起高高的树桩,搭起密密的窝巢——尔后苦等长达八年之久,终有一对儿白鹳自远方飞来,从此留守不去,将扎龙视为故园。在保护区内碧绿的堤埂上,我看见一只雪白的雌天鹅,正在一块高地上的阳光下耐心孵卵,雄天鹅却在堤下的水草边,泰然梳理羽毛……

今年春夏齐齐哈尔遭遇大旱,为保护湿地的自然生态,市政府紧急决定,调放上游水库及嫩江水源,为扎龙湿地大量补水,那是东北平原之肺,黑土地重又顺畅呼吸。在沼泽的边缘静静谛听,苇草深处传来声声鹤唳,如长笛婉转、小号脆昂,远播天外。

通灵仙鹤

这是扎龙保护区的一项"绝活"——丹顶鹤留鸟的飞行表演。

那群白色的大鸟,从湿地边缘一处高地上的"放飞场"中结队走出来亮相的时候,一个个长腿长颈,昂首挺胸,洁净而矜持;一身素衣白衫配一顶精巧的小红帽,活像英勇潇洒的斗牛士。它们眺望远方,遥望长空,静默地各就各位等待出发。忽听旁侧的养鹤师傅发出一声类似鹤唳的长鸣,那几十只大鸟先后拉开距离,踮起脚尖,张开阔大的白色翅膀,呼扇着悠悠起飞;一阵强大的气流,如风如雨,从我头顶掠过,我的头发被吹起来,裙子被掀起来;那个瞬间我看清了它们巨大的白翅上,镶满了黑色的羽花;眼前飞旋的白羽如雾气升腾,一时遮天蔽日；须臾间，洁白的鹤群已迅速升空，前后错落有致，一顶顶小红帽破云领先，长脖似剑，长腿如桨，舒展的翅膀柔软轻盈如朵朵祥云，飘飘欲仙，惊鸿一瞥，蓝天下只见一道道银光闪烁，那不是鹤在飞翔而是云在飞扬……

那个时刻，北国的天空中，云朵忽而隐没不见，被盘旋的白鹤覆盖了。

那个时刻，北国的夏季，清凉的大雪纷纷，如旗如席，迎风漫卷。

我从未见过近在咫尺的美丽大鸟，如此生机灵动，翩然乘风翱翔。

它们像一群崭新的超音速机群，在蓝天下进行着庄严而优美的飞行表演，间或变换姿势和队形，彼此配合默契；它们像一群天外来客，白色的精灵与天使，因对地球情有独钟而不思归去；它们硕大的翅膀从空中掠过，转了一个大圈儿，在地面投下移动的暗影，然后缓缓地缓缓地下降，一只接着一只，落在远处翠绿的沼泽地里。

丹顶鹤降落的姿态也是极为优雅的——在下降的过程中，逐渐减小翅膀舒展的幅度，慢慢收拢身后那两支硕长的"起落架"，就在即将接触地面的一刹那，身子前倾，弯曲的双腿迅即伸直，然后稳稳站立。此时巨大的翅膀已全部合拢，几近天衣无缝地覆于背部，翅膀张开时那边缘上黑色的羽花，犹如一把收起的伞，变成了一撮黑色的尾翼自然垂落——这一系列动作完成得如此漂亮而利索，令人叹为观止。

却有一只"逃飞"的懒鹤，一直留在草地上东张西望地溜达。它用长喙调皮地啄人，然而你进它退，依然保留着对人的高度警惕。丹顶鹤是一种温和却极为机警的大鸟，我无法抚摸和亲近它。在鹤类驯化场，专为白鹤"接见"并与远方来客留影而设立的园中，扎龙鹤群中那一位最聪明漂亮的超级明星，从笼中款款走出，一派训练有素的国际模特风度，然后轻轻迈上树桩，长长的黑颈随之昂然翘立，迅速摆好了与人照相的架势，仪态万方。听得相机咔嚓一响，便不耐烦地走下树桩，掉头而去。只有在池塘边洗澡的一群雏鹤，乳黄色的羽毛未丰，浑身湿漉漉地滴着水珠，摇摇晃晃地追来逐去地玩耍，一副未历世事、天真无邪的模样……

在扎龙保护区内的世界珍贵鹤类展览园中，见到形态各异的多种美鹤。其中有一只蓝灰色的赤颈鹤，来自印度和斯里兰卡，身材奇高几乎像一只幼年长颈鹿，羽毛油亮线条流畅，红颈银衣，头顶一朵菊花状的帽冠，每一根挺拔的冠须都金光闪烁，犹如一顶金质皇冠。故而步态傲慢，颇有王者风范。赤颈鹤生性凶猛，忽抬头昂然长啸，声如洪钟……

都说鹤通人性，一夫一妻制终身相守。雌鹤每年春季产卵两枚，若遇意外事故，雌鹤还会再次产卵两枚，直至成功孵化，可见仙鹤的天性中具有计划生育意识。鹤蛋呈灰白色，上有浅褐色斑点，由雌鹤与雄鹤轮流孵化，共同养育幼雏，夫妻恩爱平等，令人钦羡。只是听说曾有一只雄鹤因常常外出拍电视上镜头，受到外界诱惑，竟然移情别恋，跟另一只雌鹤远走高飞。它的"原配"痛心至极，在扎龙老窝上空久久盘旋，风声鹤唳，凄厉悲怆，哭声催人泪下，最后这只雌鹤不得不离开扎龙这个伤心之地，不知去向……

扎龙湿地的丹顶鹤群中，有过多少感人至深的亲情友爱呢？然而，仙鹤有爱，却不会有恨。面对至情而圣洁的仙鹤，人类是否多少会有些愧疚呢？

鹤的舞蹈

我相信自己与鹤是有缘的。六十年代末从杭州到北大荒下乡时，我报名的那个农场，就叫作鹤立河农场，隶属鹤岗市。想来在很久以前，三江平原湿地上，一定曾经自由地生活着许多许多白鹤灰鹤，那地方因鹤得名。

但我到达鹤立河农场的连队时，几乎已经见不到鹤的踪影了。水库边草甸深处，偶有一只白色的长脖老等，细脚独立、低头于浅水觅鱼。有人走近，它便伸开翅膀迅速仰天起飞，单腿忽而变成两根，垂直悬挂于身后，瘦腿伶仃，白羽飘飘，大有仙风道骨之态。那一刻我几乎惊呆，尔后激动不已，从此固执地将此鸟认作白鹤，以给自己一点心里安慰。

但事实上，那时候三江湿地正被大规模开发成农田，鹤立河早已徒有虚名了。一九七七年，我带着关于白鹤之梦的破灭与一线尚存的人生理想，来到哈尔滨读书后又留在那儿。有一天，在事先完全没有任何预兆的情境下，白鹤突然出现了——它们以舞蹈的姿势，猝不及防地闯入我的视线。那是我生命中值得庆贺的幸运日，后来的岁月中，它仍不断地令我陶醉与回味。时隔二十余年，当时的情形仍清晰如初、历历在目。

那是上世纪八十年代初一个春天的清晨，我与一位邻居大姐约定去哈尔滨市动物园晨练。我们似乎是被一阵阵嘹亮的号角，或是高亢的呼唤所吸引，闻声走到了一座高大的丝网笼前。那一刻我的呼吸都几乎停止了，我看见了一群白色的和灰色的大鸟，不，是一群真正的仙鹤，正在笼中翩跹起舞——

银衣白裙飘飘，身材修长流畅，长颈长腿灵巧敏捷，灰褐色的眼睛彼此深情地凝视对方——它们几乎具备了天才的舞蹈家应有的一切优势，还有内心热烈而疯狂的激情。它们在清晨的第一线阳光中从容地展开了巨大的羽翼，然后轻盈地弹跳，凌空扑转，就像踩着音乐的节拍，一步都不会乱了方寸。伴奏的音乐流淌在它们的血液里，我们人类是听不见的。一只白鹤高雅地踮起足尖，将长喙伸向太阳的方向，一次又一次，总是与其他的鹤擦肩而过，然后一个华丽转身，在笼中奔跑翻腾，掀起一阵忧郁的尘雾——这是白鹤的单人舞，高傲而又孤独；而双人舞的风格则完全不同，那是热情奔放而又光焰四射的：双鹤颈项相绕，四足灵巧地此起彼落，每一个动作都是互相呼应的，就像人类的拉丁舞那样配合默契；它们不停地追逐嬉戏、扇动着翅膀换位拍打，像是在拥抱与抚慰对方；鹤似以腾跃示欢喜、以展翅示仰慕、以交颈示情爱、以啄羽示亲近；那般缠绵悱恻、难舍难分；那样扑朔迷离、如影随形；鹤在舞蹈时，在天地间释放了它求偶的全部渴望与爱意，忘我忘情如痴如醉，令观者惊羡而自愧不如。当笼中所有的鹤们都一同起舞时，犹如风起云涌电闪雷鸣，一场气势磅礴而壮美的集体舞开始了，整个笼子似乎都在震撼。我听见了雄浑的交响乐，还有旷野春风的呼啸；然而，眼前白鹤的狂舞却旁若无人，依旧悄然无声地进行着。

那一刻我相信天下所有见过鹤舞的人，都会被它们的真诚率性而深深感动。也许再没有哪一种动物，能比鹤的舞蹈更奇妙更精美更富于感情色彩了。二十多年前我曾见过笼中之鹤的舞蹈，从此终生不忘。但也因而有一丝悲哀挥之不去，我只能想象着那些栖居在蓝天野地的鹤群，大自然辽阔的舞台，会使它们的舞蹈更加舒畅与自由。

在扎龙见到一位春夏常出没于沼泽，业余拍摄野生鹤群的企业家王克举，并参观了他自费建立的扎龙梦鹤苑主题公园。前后十余年，他拍下野生鹤冬夏生活形态图片近万幅，在梦鹤苑几排红砖平房的白墙上，悬挂着几百帧扎龙丹顶鹤与大天鹅的艺术摄影图片。色彩光影、雪雾水波、鹤立鹤飞鹤鸣鹤舞，千姿百态，让人流连忘返。

有人以这种方式,将仙鹤自创自演的舞蹈,在镜头中永久珍藏。

当然还有更为重要的另一种形式的挽留,留住湿地沼泽——适宜野生丹顶鹤居住的自然生态环境。齐齐哈尔市政府及扎龙保护区,在这二十多年间已是竭尽所能,不遗余力。李局长告诉我,扎龙的当务之急,需要设法将苇荡中遗存的几十家农户,全部迁出保护区。

北大荒是仙鹤的故乡。据悉,当年知青大量开垦的湿地,近年已陆续退耕还草。

我相信自己是与鹤有缘的:我的两个侄女(我事先并不知情),公爹为她们各自起名为鹤立与鹤飞——愿以此怀念那些美丽的白色大鸟,再不会被我们忘却或忽视。

选自人民文学出版社《张抗抗散文》

张抗抗具有坦诚、旷达、优雅的性格和气质,散文似乎更合于她的这种性格和气质的外化。她曾说过:"小说是我,散文更是我,虚构的小说,真实在生活本质,而散文,本应是一个里里外外透明的真实。"她出生于庚寅年,属虎,"人有虎性,虎虎而有生气""写作时留着虎性"。有趣的是,这生生虎性,又使她独具中国士大夫高雅美学特性的散文,增添了虎虎生气。

——人民文学出版社编审、《当代》原副主编　汪兆骞

YAO MING

姚明 朗读者

他是很多年轻人的偶像。他的初心在十七岁那年盛夏被点燃，从此他为荣誉而战。从中国男篮最优秀的球员到美国男子职业篮球联赛（NBA）的超级球星，从上海大鲨鱼俱乐部老板到中国篮球协会主席，他在篮球的世界里不断重塑自我，也不断体会着真正的体育精神。

姚明是中国球迷公认的传奇人物。他二十二岁夺得中国职业篮球联赛（CBA）总冠军及总决赛最有价值球员奖，打出几乎无人可敌的战绩；同一年的美国职业篮球联赛选秀中，他以状元秀身份被休斯敦火箭队选中。职业生涯中曾连续六个赛季入选全明星阵容，堪称美国职业篮球联赛最成功的中国球员。2011年退役时，他被称为"二十一世纪以来全世界最好的中锋之一"。

姚明一路遭遇的挑战和骂声非常人可比。他曾在美国职业篮球联赛中遭遇低谷，忍受伤病和多年季后赛首轮不胜的煎熬；他还是中国男篮近十年的支柱，要兼顾两头的高强度赛事；后来，他成为上海东方大鲨鱼俱乐部的老板、中国篮协主席，每走一步都会迎来无数的质疑。这一切，姚明都扛了过来。他既保持了中国人谦逊低调、勤恳刻苦的传统，又有诙谐幽默、睿智亲和的一面，他的存在，在一定程度上打破了中国人和西方人对"中国运动员"的成见。

朗读者 ❋ 访谈

董 卿：你和篮球最初的渊源应该从小就有了？
姚 明：我父母是二十世纪七十年代的运动员，我们住在体育大院里，楼上楼下都是其他体育项目的叔叔阿姨。周围一起玩的孩子也像我这样是所谓的"体二代"。（笑）虽然我们的项目不一样，但从同事和邻居的嘴里也能听到"你父母过去是非常优秀的运动员"，孩子在这种环境下，当然会以此为豪，以父母为榜样，希望有一天也可以像他们那样。
董 卿：所以你在美国职业篮球联赛的球衣是十一号，但其实你的第一件球衣是十五号，是你父亲的球衣号码？
姚 明：过去是这样的。
董 卿：的确有一种传承在其中。你是从什么时候开始真正从篮球中获得快乐的？
姚 明：我忘了是什么时候了。那年夏天在训练，我突然感觉那种声音很美妙，是什么声音呢？当我们在场上奋力奔跑的时候，耳边会传来空气流动的声音，"呼呼呼"地响；当我们的球鞋在地板上摩擦的时候，会发出很尖锐的声音；还有篮球被投入篮筐里刷网而过的摩擦声，或者篮球弹筐而出时金属发出的声音。当你的神经高度集中、全力以赴的时候，实际上心里是非常非常安静的，只有在这样的时候，你才能听到那种声音。
董 卿：它激发了你内心的一种爱吗？
姚 明：对。

董　卿：我记得2008年奥运会之前的几个月，医生就告诉你：你的左脚骨裂，有几套治疗方案。可是你的回答非常坚定：任何的治疗方案都要把奥运会放在第一位。

姚　明：我相信世界上任何一个有机会在自己家门口参加一次奥运会的人，特别是自己在里边承担一个比较重要的角色时，都会做这个抉择，只要这个国家有足够的凝聚力。我相信我们作为这个国家的每一分子都会这么做的。（掌声）

董　卿：我们每个人之所以会做这样的选择，是因为我们心里有一种荣誉感。

姚　明：应该是的。但是，赢了叫荣誉感，输了叫什么？

董　卿：你不是很喜欢特奥会运动员誓词中的一句话吗？"让我去获胜；如果不能获胜，让我勇敢地去尝试。"

姚　明：我至今还记得，那时距离出发去2000年悉尼奥运会还有大概几周吧，我们住在运动员宿舍楼里。我忘了是哪一层楼了，只听到走道里有一阵撕心裂肺的哭声，后来我知道了，那是有人在最后一刻被刷掉了。那声嘶号一直留在我心里。他们付出了同样多的代价，付出了同样多的心血，他们是失败者吗？体育本身就是竞争，每一个人的成功都淘汰了无数人，正是那些离开的人包括和我们竞争的人成就了我们。

董　卿：伟大的队员有时候是伟大的对手塑造出来的。胜利和失败同样具有价值。

我这儿有一些你受伤的记录，其中有这样一个描述：切断脚跟和大脚趾上的骨头，切断的地方用新的钉子固定，去年打进去的三根钉子要拔出来，把骨头上的碎片复位，用股骨的组织复位，用钢片钉子重新固定。

姚　明：最难以承受的是每次在康复中所经历的心理压力。一旦受过伤之后，实际上人对于受伤那一下的疼痛是有记忆的。当我们再重复做这个动作的时候，我们心里会有这样一个阴影挥之不去，这是我们最最最最痛苦的地方。

董　卿：你有在康复之后觉得恢复不了而绝望的时候吗？

姚　明：最后一次啊。

（屏幕播放姚明退役发布会视频资料，姚明说道："去年年底，我的左脚第三次应力性骨折。作为篮球运动员，我将结束自己的运动生涯，正式退役。"）

所以我很简单地做了一个选择——退役。

董　卿：在退役之后，毫无疑问，你打开了生活的新大门。但是有一点我很好奇，你曾经说过："我应该不会像其他球星那样在退役之后去买下一支球队。因为那牵扯了太多的商业和利益，还有太多的政治和黑暗面。而这些都是我不喜欢的。"可是你食言了,你拥有了上海东方大鲨鱼俱乐部。

姚　明：人是在变化中的,而且我学会了一件事情,就是不要以自己为中心,而要以社会为中心,以生活为中心,因为生活和社会不停地在前进,不停地在变,我们要跟上它。你追求的到底是地位,还是你完成了什么事。我认为很多时候,初心最终是使更多人认同,并且认同的不是头衔,不是地位,而是大家真正可以去模仿、喜欢、运用,并对大家真正有益的东西。可以是科技的力量,可以是文学的力量,也可以是我们体育的力量。

董　卿：初心的形成也许很简单,但是它的完成却是一个艰苦而漫长的过程。今天要朗读什么呢?

姚　明：《真实的高贵》。

董　卿：为什么会选择这样一篇文章呢?

姚　明：这篇文章非常符合我们体育精神。我们用一百年的时间完成了中国的奥运三问,我自己给自己提出了第四问:接下来我们要做什么?可能再过几年,真正会有"00 后"的球员加入国家队中,在这种情况下我们必须去了解,他们是否愿意全身心地为了中国、为了这面旗帜去奋斗。体育运动不仅仅是一种技能,更重要的是发掘自己内心的力量。

董　卿：你想把这段朗读献给谁呢?

姚　明：献给我们所有体育人和体育爱好者吧。

朗读者 ❋ 读本

真实的高贵

佚 名

　　风平浪静的大海上,每个人都是领航员。

　　但若仅有阳光而无阴影,仅有欢乐而无痛苦,那就不是人生。以最幸福的人生为例——它是一团相互缠绕的纱线。丧亲之悲与幸事之喜接踵而至,使我们悲喜交加,连死亡本身也会令生命更加可亲。在人生的清醒时刻,在悲痛与失落的阴影下,人们与真实的自我最为接近。

　　就人生或职业而言,性格的作用比智力大得多,头脑的作用不如心灵,天资则不如由判断力所掌控的自制、耐心和规矩。

　　我始终相信,当一个人开始追求更严肃的内心生活,他的外在会开始变得更朴素。在一个奢侈浪费的年代,我期望能向世人说明,人类真正需要的东西少之又少。

　　悔恨自己犯下的错误,直至不再重蹈覆辙,这才是真正的悔悟。优于别人,并非高贵。真正的高贵是优于过去的自己。

(林克 译)

　　　　这篇《真实的高贵》流传甚广,尤其是文章最后一句,激励和鼓舞了许多人。人们通常认为其作者为海明威,但经考证,并非如此。文中大量段落都摘引自十九世纪英国作家塞缪尔·斯迈尔斯的作品,还有一些句子则可能是年代比较久远的谚语。不过,人们误认为这篇文章为海明威所作,也并不让人意外。因为海明威在自己的作品中塑造了许多硬汉形象,他们在重压之下保持风度,从不叹气,更不会祈求怜悯;他们对抗命运,战胜自我,是一个个真正的高贵的人。

——编者

ZONG
QING
HOU

朗读者

宗庆后

1987年,四十二岁的宗庆后亲手把"杭州市上城区校办企业经销部"的牌子挂在一栋不起眼的灰色小楼上,彼时他未曾预想,这家只有三个人的校办企业,未来竟能成长为一个年销售额几百亿的商业帝国,改变中国饮料市场的格局。

这家校办企业就是娃哈哈食品集团的前身。创业初期条件十分艰苦,宗庆后带领两个老师,简单地粉刷了一下墙壁,买了几张办公桌椅,就开张了。他戴着草帽,蹬着三轮车走街串巷,叫卖汽水、冰棍和文具。他风里来雨里去,干劲十足。两年后,企业员工已逾百人,他抓住市场机遇,研发出了自己的产品——娃哈哈儿童营养液。这款产品一经面世便迅速走红,成为一代中国人的童年记忆。1991年,宗庆后做了一件大胆的事,他用八千万兼并了拥有两千多名职工的国营老厂——杭州罐头食品厂。自此,娃哈哈食品集团公司正式成立,宗庆后的事业迅猛发展。2010年起,他四年间三次登上福布斯中国富豪榜榜首。

胆大心细、心无旁骛、勤劳坚韧,这些宝贵的品质让宗庆后成了一名成功的企业家。发家后的他依旧保持着简朴的生活习惯:饮食简单,着装毫不起眼,出差向来都会选择经济舱。或许,他追求的从来都不是金钱与享受,而是一份人生的事业。

朗读者 ❈ 访谈

董　卿：您是坐飞机来的还是坐高铁来的？

宗庆后：坐飞机来的。

董　卿：去年您有两张照片在网上传播得很广。一张是您在机场候机厅拿着行李等待的照片，还有一张是您坐高铁时的照片，坐的是二等座。

宗庆后：他们认为我比较有钱了，就应该坐在比较高级的舱位，在我看来不应该这样。我出差总是一个人，也不需要其他人陪着。

董　卿：您的生活非常简单，这一点是大家公认的，都说您是"布鞋老总"，今天穿的是？

宗庆后：穿的也是布鞋。（全场笑）

董　卿：您一年的开销可能不会超过五万块钱。

宗庆后：现在可能连五万块钱也没有了，因为我以前抽烟，现在我把烟戒了。关键是年轻时候穷怕了，我小的时候，母亲一个月四十来块钱的工资养我们五个孩子，吃了上顿没下顿。

董　卿：那个时候家里吃得最多的东西是什么？

宗庆后：米粉糊，再弄点老菜煮在一起，糊很薄。就这样吃。

董　卿：您从什么时候开始希望能够帮母亲分担一些？

宗庆后：小时候理想很多，总希望后面能够挣到大钱，回报父母。

董　卿：那个时候也处在一个比较特殊的历史时期。您在十八岁那年去了农场工作？

宗庆后：十七岁。

董　卿：十七岁，在什么农场？

宗庆后：开始是到马目农场，就是"舟山的西伯利亚"。宋朝六个皇帝葬在那里，原来叫"宋六陵"。我们刚到的那天正好停电了，结果我们住在"牢房"里，而且那儿还有关押重犯的木头栏网。有的女同志看到了这情景就吓坏了。

董　卿：去做些什么呢？

宗庆后：修理大坝、挖沟、拉石头，最重的石头有四五百斤，还有种棉花、茶叶、水果、水稻、蔬菜，所以一年四季都是农忙，很辛苦。那时候我一天吃三斤米还不饱。我们在农村从早干到晚，大粪要挑到田里面，然后插秧。插秧的时候，背上是很痛的，牛……

董　卿：牛虻？

宗庆后：牛虻，对了。哪怕我们补丁加补丁，衣服穿得很厚，它还是可以蜇到皮肤里面。

董　卿：您还学会什么了？

宗庆后：我那个时候也在食堂里做过活，会杀猪，一百五六十斤的猪啊……（全场笑）

董　卿：您在农场干了多久？

宗庆后：一共干了十五年。

董　卿：您在农场十五年，没有找一个女朋友吗？

宗庆后：那时收入太低，自己都吃不饱穿不暖，讨个老婆再生个孩子，怎么养？这种生活跟我的理想抱负还是有点距离的；加上那时候有政策，可以顶职回城了，所以我没有在农场找女朋友，也没有结婚。

董　卿：您也没有遇到过比较喜欢的人吗？

宗庆后：我年轻的时候应该还比较帅，所以喜欢我的人还比较多。（全场笑，鼓掌）

董　卿：后来是什么样的机会让您能够回到城里？

宗庆后：母亲退休以后，我可以顶职回去。刚开始我就是做工人，后来他们看我还是比较灵光的，就叫我去跑销售。

董　卿：有被人看不起的时候吗？

宗庆后：人家一听是小学校办企业就看不起你。为什么我在创业一开始提出的企业精神就是"励精图治，艰苦奋斗，勇于开拓，自强不息"？人家看不起我们，我们要看得起自己，到最后要人家看得起我们。（掌声）

董　卿：2006年到2009年，企业卷入到一些纠纷当中。

宗庆后：当时达能想低价收购我们的股权，我们不想被他们收购，因为我们还是想保留我们自己的品牌。

董　卿：我记得当时好像有一种说法：我们要让六十三岁的宗庆后的

余生都在诉讼当中度过,这个态度是非常强硬的。

宗庆后:他很牛啊。

董　卿:是的,所以您那时候要拿出一种什么样的状态才能跟他们对抗呢?

宗庆后:那时候我是跟他们强硬对抗的,我一定要跟他们打官司,所以我全部都应诉。

董　卿:我听说当时您参加了全球七八十场诉讼,证词都是由律师给您准备吗?

宗庆后:我的证词是自己写的,因为他写的我不满意。

董　卿:但那个时候您已经六十多岁了。

宗庆后:六十多岁的时候我感觉自己还很年轻。(掌声)

董　卿:(笑)2009年终于达成了和解,您的收获和体会是什么?

宗庆后:从整个事件来看,很多企业怕跟外国人打官司,但有理可以走遍天下,不用怕。你越怕,人家越欺负你。而且我觉得中国现在慢慢地强大了,也不应该再受人家欺负了。企业规模做大了,国家也强大了。我们的供应商到他们地区的时候,要升中国国旗。(掌声)

董　卿:这可能是您四十二岁还骑着三轮车卖冰棍的时候没办法想象到的事情。

宗庆后:一个人要做事业,首先要有理想。我根本没想到我会做成中国最大的饮料企业。现在我应该也不需要继续赚钱了,因为之前赚的钱我几辈子也用不完,但我还在努力工作,为社会、为国家做点贡献。

董　卿:您今天要为我们读些什么呢?

宗庆后:我想朗读季羡林的《八十述怀》,奉献给我们正在学习、正在创业的年轻人。

董　卿：冯友兰先生说过"何止于米？相期以茶","米"是八十八岁，"茶"是一百零八岁，到那个时候，咱们依然可以充满雄心壮志。

朗读者 读本

八十述怀

季羡林

我从来没有想到,我能活到八十岁;如今竟然活到了八十岁,然而又一点也没有八十岁的感觉。岂非咄咄怪事!

我向无大志,包括自己活的年龄在内。我的父母都没有活过五十;因此,我自己的原定计划是活到五十。这样已经超过了父母,很不错了。不知怎么一来,宛如一场春梦,我活到了五十岁。那时正值所谓三年自然灾害,我流年不利,颇挨了一阵子饿。但是,我是"曾经沧海难为水",在二次世界大战时,我正在德国,我经受了而今难以想象的饥饿的考验,以致失去了饱的感觉。我们那一点灾害,同德国比起来,真如小巫见大巫;我从而顺利地渡过了那一场灾难,而且我当时的精神面貌是我一生最好的时期,一点苦也没有感觉到,于不知不觉中冲破了我原定的年龄计划,度过了五十岁大关。

五十一过,又仿佛一场春梦似的,一下子就到了古稀之年,不容我反思,不容我踟蹰。其间跨越了一个十年浩劫。我当然是在劫难逃,被送进牛棚。我现在不知道应当感谢哪一路神灵:佛祖、上帝、安拉。由于一个万分偶然的机缘,我没有走上绝路,活下来了。活下来了,我不但没有感到特别高兴,反而时有悔愧之感在咬我的心。活下来了,也许还是有点好处的。我一生写作翻译的高潮,恰恰出现在这个期间。原因并不神秘:我获得了余裕和时间。在浩劫期间,我被打得一佛出世,二佛升天。后来不打不骂了,我却变成了"不可接触者"。在很长时间内，我被分配挖大粪，看门房，守电话，发信件。没有以前的会议，没有以前的发言。没有人敢来找我，很少人有勇气同我谈上几句话。一两年内，没收到一封信。我服从任何人的调遣与指挥，只敢规规矩矩，不敢乱说乱动。然而我的脑筋还在，我的思想还在，我的感情还在，我的理智还在。我不甘心成为行尸走肉，我必须干点事情。二百多万字的印度大史诗《罗摩衍那》，就是在这时候译完的。"雪夜闭门写禁文"，自谓此乐不减羲皇上人。

又仿佛是一场缥缈的春梦，一下子就活到了今天，行年八十矣，是古人称之为耄耋之年了。倒退二三十年，我这个在寿命上胸无大志的人，偶尔也想到耄耋之年的情况：手拄拐杖，白须飘胸，步履维艰，老态龙钟。自谓这种事情与自己无关，所以想得不深也不多。哪里知道，自己今天就到了这个年龄了。今天是新年元旦，从夜里零时起，自己已是不折不扣的八十老翁了。然而这老景却真如古人诗中所说的"青霭入看无"，我看不到什么老景。看一看自己的身体，平平常常，同过去一样，看一看周围的环境，平平常常，同过去一样。金色的朝阳从窗子里流了进来，平平常常，同过去一样。楼前的白杨，确实粗了一点，但看上去也是平平常常，同过去一样。时令正是冬天叶子落尽了；但是我相信，它们正蜷缩在土里，做着春天的梦。水塘里的荷花只剩下残叶，"留得残荷听雨声"，现在雨没有了，上面只有白皑皑的残雪。我相信，荷花们也蜷缩在淤泥中，做着春天的梦。总之，我还是我，依然故我；周围的一切也依然是过去的一切……

我是不是也在做着春天的梦呢？我想，是的。我现在也处在严寒中，我也梦着春天的到来。我相信英国诗人雪莱的两句话："既然冬天已经到了，春天还会远吗？"我梦着楼前的白杨重新长出了浓密的绿叶；我梦着池塘里的荷花重新冒出了淡绿的大叶子；我梦着春天又回到了大地上。

可是我万万没有想到,"八十"这个数目字竟有这样大的威力,一种神秘的威力。"自己已经八十岁了!"我吃惊地暗自思忖。它逼迫着我向前看一看,又回头看一看。向前看,灰蒙蒙的一团,路不清楚,但也不是很长。确实没有什么好看的地方。不看也罢。

而回头看呢,则在灰蒙蒙的一团中,清晰地看到了一条路,路极长,是我一步一步地走过来的,这条路的顶端是在清平县的官庄。我看到了一片灰黄的土房,中间闪着苇塘里的水光,还有我大奶奶和母亲的面影。这条路延伸出去,我看到了泉城的大明湖。这条路又延伸出去,我看到了水木清华,接着又看到德国小城哥廷根斑斓的秋色,上面飘动着我那母亲似的女房东和祖父似的老教授的面影。路陡然又从万里之外折回到神州大地,我看到了红楼,看到了燕园的湖光塔影。令人泄气而且大煞风景的是,我竟又看到了牛棚的牢头禁子那一副牛头马面似的狰狞的面孔。再看下去,路就缩住了,一直缩到我的脚下。

在这一条十分漫长的路上,我走过阳关大道,也走过独木小桥。路旁有深山大泽,也有平坡宜人;有杏花春雨,也有塞北秋风;有山重水复,也有柳暗花明;有迷途知返,也有绝处逢生。路太长了,时间太长了,影子太多了,回忆太重了。我真正感觉到,我负担不了,也忍受不了,我想摆脱掉这一切,还我一个自由自在身。

回头看既然这样沉重,能不能向前看呢?我上面已经说到,向前看,路不是很长,没有什么好看的地方。我现在正像鲁迅的散文诗《过客》中的一个过客。他不知道是从什么地方走来的,终于走到了老翁和小女孩的土屋前面,讨了点水喝。老翁看他已经疲惫不堪,劝他休息一下。他说:"从我还能记得的时候起,我就在这么走,要走到一个地方去,这地方就在前面。我单记得走了许多路,现在来到这里了。我接着就要走向那边去……况且还有声音常在前面催促我,叫唤我,使我息不下。"那边,西边是什么地方呢?老人说:"前面,是坟。"小女孩说:"不,不,不的,那里有许多野百合、野蔷薇,我常常去玩,去看它们的。"

我理解这个过客的心情,我自己也是一个过客,但是却从来没有什么声音催着我走,而是同世界上任何人一样,我是非走不行的,不用催促,也是非走不行的。走到什么地方去呢?走到西边的坟那里,这是一切人的归宿。我记得屠格涅夫的一首散文诗里,也讲了这个意思。我并不怕坟,只是在走了这么长的路以后,我真想停下来休息片刻。然而我不能,不管你愿意不愿意,反正是非走不行。聊以自慰的是,我同那个老翁还不一样,有的地方颇像那个小女孩,我既看到了坟,也看到野百合和野蔷薇。

我面前还有多少路呢?我说不出,也没有仔细想过。冯友兰先生说:"何止于米?相期以茶。""米"是八十八岁,"茶"是一百零八岁。我没有这样的雄心壮志,我是"相期以米"。这算不算是立大志呢?我是没有大志的人,我觉得这已经算是大志了。

我从前对穷通寿夭也是颇有一些想法的。十年浩劫以后,我成了陶渊明的志同道合者。他的一首诗,我很欣赏:

> 纵浪大化中,
> 不喜亦不惧。
> 应尽便须尽,
> 无复独多虑。

我现在就是抱着这种精神,昂然走上前去。只要有可能,我一定做一些对别人有益的事，绝不想成为行尸走肉。我知道，未来的路也不会比过去的更笔直、更平坦。但是我并不恐惧。我眼前还闪动着野百合和野蔷薇的影子。

1991年1月1日

选自人民文学出版社《季羡林散文》

  先生的每一篇散文，几乎都有自己独具匠心的结构。特别是一些回环往复、令人难忘的晶莹玲珑的短小篇章，其结构总是让人想起一支奏鸣曲、一阕咏叹调，那主旋律几经扩展和润饰，反复出现，余音袅袅。

——北京大学教授　乐黛云

JIA
PING
WA

朗读者

贾平凹

如果说初心是一座山,那么他就用四十多年的笔墨写满了秦岭——他心里最中国的山。他曾经说过:"我可能命定就是个文人吧,做书之虫,笔之鬼。"他用一千五百万字,描绘了苍茫秦岭的山高水长,记录了乡土中国的世纪变迁。他就是中国当代最杰出的作家之一——贾平凹。

贾平凹生于陕西省商洛市丹凤县棣花镇,向来自称"秦岭里的人"。他从二十世纪七十年代正式开始发表作品,很快就声名鹊起,受到读者、文学批评家的追捧,被誉为"鬼才"。他曾获茅盾文学奖、鲁迅文学奖、施耐庵文学奖,文学地位毋庸置疑。在世界范围内,他也是为数不多的可以进入世界文学史册的当代中国作家之一,曾获得美国美孚飞马文学奖铜奖、法国费米娜外国小说奖等国际知名文学奖项,2013 年被授予法兰西金棕榈文学与艺术骑士勋章——这个勋章每年只有极少数享有很高声誉的艺术家才能获得,是法国政府授予文学艺术界的最高荣誉。

多年来,贾平凹一直保持着旺盛的创作势头,以平均每两年一部的速度推出长篇小说。这些作品各自呈现出独特的风貌,又都保持在较高的文学水准之上。2018 年,他出版了自己的第十六部长篇小说《山本》,字里行间依然能感受到他的韧劲、力道、成色,也依然有着浓厚的陕西色彩。

朗读者 ❈ 访谈

董　卿：您跟大家打个招呼吧！
贾平凹：大家好！我只能用陕西话在这儿讲话，因为我讲不了普通话。曾经自己给自己打圆场，说"普通话是普通人说的"。
董　卿：（笑）我终于知道了我为什么这么普通。
　　　　《山本》是您的第十六部长篇小说，这十年来您近乎是每两年就写一部长篇，这样的创作力让大家惊叹。很多人都想知道为什么您有这么大的能量。
贾平凹：老觉得自己写得还不满意吧，老寄希望于下一部作品能写得更好一点。这就像二十世纪五六十年代我在乡下的时候见过好多人家的子女特别多，都是女孩，我见过一个七个女孩的家庭。为什么那么多家庭还想再要个男孩？
董　卿：（模仿陕西话）那《山本》是个男孩还是个女孩嘛？
贾平凹：对我来讲，把每个孩子生出来都觉得他特别好。
董　卿：起码是个好孩子。您现在还是用笔写作吗？
贾平凹：基本上还是用笔写，起码写三遍。豪华笔记本上先打草稿……
董　卿：为啥在豪华笔记本上？
贾平凹：我觉得写作，尤其第一稿、初稿是很庄严的事情。
董　卿：您还会挑个日子吗？
贾平凹：挑日子。（全场笑）
董　卿：这本书我也是三天前拿到的。我当时想，它为什么叫《山本》这个名字？
贾平凹：十多年来，我的长篇小说名都是两个字。我喜欢两个字，感

觉两字好一点儿。《山本》这本书就是写山的,或者山的根本、山的本来面目、山的最初的样子。

董　卿:我们说初心,初心也是本心。

贾平凹:对,对。

董　卿:从《秦腔》到《古炉》,从《带灯》到《老生》,都是秦岭和商洛的故事,《山本》依然是这样,写秦岭似乎就成了您的一个写作宿命了。

贾平凹:有一句老话嘛,"你生在哪儿就决定了你",故乡就是你的血地——出血、流血的地方。我一旦离开农村,到了西安、北京或上海,回头再看我这个老家,感觉就不一样了。站在老家看全中国,又是看到另一种景象。只有两种距离不停地参照着,你才能认识这个社会吧。

　　小时候我印象最深的就是 1969 年到 1970 年,我那儿连续大旱。那个时候特别苦，大家没钱，最大的乐趣就是看在哪儿能吃饱，或者能吃好一点。

董　卿：在那么穷的时候，您还爱看书吗？

贾平凹：我小时候在乡下，基本上没有书看，文学的土壤特别贫瘠，一个村一个村地都流行那几本书，就是《红旗谱》《林海雪原》……我记着三四年级的时候我到县城姨家去，要走三十里路。到她家，突然发现几本特别厚、特别硬皮的书，那就是《红楼梦》。我觉着真有意思！走的时候就偷偷把它拿走了。这是我第一次读《红楼梦》，它一共四本，我拿走两本。

董　卿：您为啥不四本都拿回来呢？

贾平凹：那个书啊，特别厚，是精装的，你从怀里这样揣上，很容易暴露的。（笑）

董　卿：我们今天在座的有好多都是大学生，有清华的、北大的，还有西北大学的。你们都不知道，当年贾老师要考西北大学有多困难。

贾平凹：因为那个时候，我父亲被打成"历史反革命"，当然他是被诬陷的。所以招工、招兵都轮不到我，民办教师也不要我。后来，因为我是贫下中农嘛，在修水库的时候人家觉得这个孩子做活特别踏实。我就跟我们大队支部书记申请，说我要上大学，人家说："上大学？你能上就上。"大家都不把那当一回事，所以就推荐我上大学。

董　卿：您希望写作，希望自己写的字能变成铅字是从大学开始的吗？

贾平凹：我当年修水库的时候十七八岁，开始模仿人家给周围人，比如给董卿写一段，给张三写一段，给李四写一段，写完后给大家念，大家兴奋得哈哈大笑。人有时候要不停地被鼓动，你说他写得好，他就不停地写开了，就写了那么厚一本子。

董　卿：您这种写作特长是不是进大学之后就很快显现出来了？还是并没有被人注意？

贾平凹：那时候也没人教你，就是自己慢慢摸索。我在学校三年半时间，完全凭志趣来学习。因为我不知道我以后能干什么，就开始搞创作。那个时候写东西，源源不断地给别人投过去，源源不断地被退回来。我大学毕业的时候，光手稿就装了两大箱子。

董　卿：退稿？

贾平凹：是退稿。大学生都是七八人一个宿舍，同学们看到是退稿信就把它撕开了。一看是发表了，大家都不言说；一看是退稿信，就故意拿出来。我在一楼，那些退稿信在我的架子床上、旁边都贴着。我鼓励自己说，老退稿，老发表不了。

董　卿：那每天看着不难受吗？

贾平凹：那叫激励嘛。每天晚上，我像母鸡要下蛋一样，转过来转过去睡不着。我记着我的文章第一次在报纸上发表之后，我去买报纸。卖报纸的人不卖给我，他以为我是小孩子，要买报纸回去包辣子面，我又不好意思说那报纸上面有我的文章，后来人家勉强给了几张报纸。我往学校走的时候感觉所有人都在对我笑呢，其实人家并不是对我笑。我自己一个人坐在校园的树林子里，把那个文章看了一遍又一遍，那种高兴劲儿就像赛跑一样：开头刚一起跑，给你掌声或者嘘声都不在意，你只能无限地往前跑，不停地跑，到最后，获得了掌声，才是真正的掌声。（掌声）

董　卿：我记得您说过：我就像是土命，平时我穿着人的衣服，可一到写作，我就披上了牛的皮。写作时候的贾平凹和我们平时看到的贾平凹是同一个人吗?

贾平凹:实际上在现实生活中我是个比较谨慎的、胆小的人,很少说话,能不让我说话就不说话。但是在写作过程里,我完全不顾忌什么条条框框,也不迎合读者,我觉得怎么写就怎么写。一个作家实际上一直在写自己,如果写到社会上不好的东西,或者写到人性里不好的东西,实际上是来给社会排毒的。我经常说一句话:写作的过程,实际上也是与神相会的地方。"全神贯注",或者说"聚精会神",说的是你聚精才能见到神。

董 卿:(鼓掌)说得好!很多人走出了自己原来的村子之后,可能不会像您这样,这么频繁地再把它当成庇护所一样,再回到那个地方去重新校正自己的位置。您的下一部作品还会写秦岭吗?

贾平凹:肯定还能写秦岭。中国的大部分历史实际上都发生在秦岭南北。我最早写作是见啥写啥,我把那一段叫"流寇""写作流寇";后来觉得应该先建立个"革命根据地",起码是"文学根据地",所以我才回到老家。

董 卿:就像贾老师说的,写作说到底就是在写自己,所以我们也可以理解为,我们每个人心里都有一座自己的秦岭,在创伤时给予我们修补,在迷途时给予我们方向。

接下来我要为大家请出今天来到我们现场的几位嘉宾,他们和贾老师都有很多年的交情。今天的朗读不妨就叫"贾平凹和他的朋友及读者"。当我们读着这些文学的片段,也仿佛就在读贾平凹的人生,因为他始终是以文学的方式在和这个世界相处。当然,进行文学创作的可能只是一部分人,阅读可能也只是一部分人,但是初心却和我们每个人有关:它关乎我们快不快乐,安不安详,从哪里来,最后走向哪里。

朗读者 ❦ 读本

山本（后记）

贾平凹

这本书是写秦岭的，原定名就是《秦岭》，后因嫌与曾经的《秦腔》混淆，变成《秦岭志》，再后来又改了，一是觉得还是两个字的名字适合于我，二是起名以张口音最好，而志字一念出来牙齿就咬紧了，于是就有了《山本》。山本，山的本来，写山的一本书，哈，本字出口，上下嘴唇一碰就打开了，如同婴儿才会说话就叫爸爸妈妈一样（即便爷爷奶奶，舅呀姨呀的，血缘关系稍远些，都是撮口音）。这是生命的初声啊。

关于秦岭，我在题记中写过，一道龙脉，横亘在那里，提携了黄河长江，统领着北方南方，它是中国最伟大的一座山，当然它更是最中国的一座山。

我就是秦岭里的人，生在那里，长在那里，至今在西安城里工作和写作了四十多年，西安城仍然是在秦岭下。话说：生在哪儿，就决定了你。所以，我的模样便这样，我的脾性便这样，今生也必然要写《山本》这样的书了。

以前的作品，我总是在写商洛，其实商洛仅只是秦岭的一个点，因为秦岭实在是太大了，大得如神，你可以感受与之相会，却无法清晰和把握。曾经企图能把秦岭走一遍，即便写不了类似的《山海经》，也可以整理出一本秦岭的草木记，一本秦岭的动物记吧。在数年里，陆续去过起脉的昆仑山，相传那里是诸神在地上的都府，我得首先要祭拜；去过秦岭始崛的鸟鼠同穴山，这山名特别有意思；去过太白山；

去过华山；去过从太白山到华山之间的七十二道峪；自然也多次去过商洛境内的天竺山和商山。已经是不少的地方了，却只为秦岭的九牛一毛，我深深体会到一只鸟飞进树林子是什么状态，一棵草长在沟壑里是什么状况。关于整理秦岭的草木记、动物记，终因能力和体力未能完成，没料在这期间收集到秦岭二三十年代的许许多多传奇。去种麦子，麦子没结穗，割回来了一大堆麦草，这使我改变了初衷，从此倒兴趣了那个年代的传说，于是对那方面的资料，涉及的人和事，以及发生地，像筷子一样啥都要尝，像尘一样到处乱钻，太有些饥饿感了，做梦都是一条吃桑叶的蚕。

那年月是战乱着，如果中国是瓷器，是一地瓷的碎片年代。大的战争在秦岭之北之南错综复杂地爆发，各种硝烟都吹进了秦岭，秦岭里就有了那么多的飞禽走兽，那么多的魍魉魑魅，一尽着中国人的世事，完全着中国文化的表演。当这一切成为历史，灿烂早已萧瑟，躁动归于沉寂，回头看去，真是倪云林所说：生死穷达之境，利衰毁誉之场，自其拘者观之，盖有不胜悲者，自其达者观之，殆不值一笑也。巨大的灾难，一场荒唐，秦岭什么也没改变，依然山高水长，苍苍莽莽，没改变的还有情感，无论在山头或河畔，即便是在石头缝里和牛粪堆上，爱的花朵仍然在开，不禁慨叹万千。

《山本》是在2015年开始了构思，那是极其纠结的一年，面对着庞杂混乱的素材，我不知怎样处理。首先是它的内容，和我在课本里学的，在影视上见的，是那样不同，这里就有了太多的疑惑和忌讳。再就是，这些素材如何进入小说，历史又怎样成为文学？我想我那时就像一头狮子在追捕兔子，兔子钻进偌大的荆棘藤蔓里，狮子没了办法，又不忍离开，就趴在那里，气喘吁吁，鼻脸上尽落些苍蝇。

我还是试图着先写吧，意识形态有意识形态的规范和要求，写作有写作的责任和智慧，至于写得好写得不好，是建了一座庙还是盖个农家院，那是下一步的事，鸡有蛋了就要下，不下那也憋得慌么。初草完成到2016年底，修改已是2017年。2017年是西安百年间最热的夏天啊，见到的狗都伸着长舌，长舌鲜红，像在生火，但我不怕热，凡是不开会（会是那么多呀！）就在屋里写作。写作会发现身体上许多秘密，比如总是失眠，而胃口大开，比如握笔手上用劲，脚指头却疼，比如写那么几个小时了，去洗手间，往镜子上一看，头发竟如茅草一样凌乱，明明我写作前洗了脸梳过头的，几小时内并没有风，也不曾走动，怎么头发像风怀其中？

漫长的写作从来都是一种修行和觉悟的过程，在这前后三年里，我提醒自己最多的，是写作的背景和来源，也就是说，追问是从哪里来的，要往哪里去。如果背景和来源是大海，就可能风起云涌，波澜壮阔，而背景和来源狭窄，只能是小河小溪或一潭死水。在我磕磕绊绊这几十年写作途中，是曾承接过中国的古典，承接过苏俄的现实主义，承接过欧美的现代派和后现代派，承接过建国十七年的革命现实主义，好的是我并不单一，土豆烧牛肉，面条同蒸馍，咖啡和大蒜，什么都吃过，但我还是中国种。就像一头牛，长出了龙角，长出了狮尾，长出了豹纹，这四不像的是中国的兽，称之为麒麟。最初我在写我所熟悉的生活，写出的是一个贾平凹，写到一定程度，重新审视我所熟悉的生活，有了新的发现和思考，在谋图写作对于社会的意义，对于时代的意义。这样一来就不是我在生活中寻找题材，而似乎是题材在寻找我，我不再是我的贾平凹，好像成了这个社会的、时代的，是一个集体的意识。再往后，我要做的就是在社会的、时代的，集体意识里又还原一个贾平凹，这个贾平凹就是贾平凹，不是李平凹或张平凹。站在此岸，泅入河中，到达彼岸，这该是古人讲的入得金木水火土五行之内,出得金木水火土五行之外,也该是古人还讲的看山是山看水是水,看山不是山看水不是水,看山还是山看水还是水吧。

说实情话,几十年了,我是常翻老子和庄子的书,是疑惑过老庄本是一脉的,怎么《道德经》和《逍遥游》是那样的不同,但并没有究竟过它们的原因。一日远眺了秦岭,秦岭上空是一条长带似的浓云,想着云都是带水的,云也该是水,那一长带的云从秦岭西往秦岭东快速而去,岂不是秦岭上正过一条河?河在千山万山之下流过是自然的河,河在千山万山之上流过是我感觉的河,这两条河是怎样的意义呢?突然醒开了老子是天人合一的,天人合一是哲学,庄子是天我合一的,天我合一是文学。这就好了,我面对的是秦岭二三十年代的一堆历史,那一堆历史不也是面对了我吗,我与历史神遇而迹化,《山本》该从那一堆历史中翻出另一个历史来啊。

过去了的历史,有的如纸被糨糊死死贴在墙上,无法扒下,扒下就连墙皮一块全碎了,有的如古墓前的石碑,上边爬满了虫子和苔藓,搞不清那是碑上的文字还是虫子和苔藓。这一切还留给了我们什么,是中国人的强悍还是懦弱,是善良还是凶残,是智慧还是奸诈?无论那时曾是多么认真和肃然,虔诚和庄严,却都是佛经上所说的,有了罣碍,有了恐怖,有了颠倒梦想。秦岭的山川河壑大起大落,以我的能力来写那个年代只着眼于林中一花、河中一沙,何况大的战争从来只有记载没有故事,小的争斗却往往细节丰富,人物生动,趣味横生。读到了李尔纳的话:一个认识上帝的人,看上帝在那木头里,而非十字架上。《山本》里虽然到处是枪声和死人,但它并不是写战争的书,只是我关注一个木头一块石头,我就进入这木头和石头中去了。

在构思和写作的日子里,一有空我仍是就进秦岭的,除了保持手和笔的亲切感外,我必须和秦岭维系一种新鲜感。在秦岭深处的一座高山顶上，我见到了一个老人，他讲的是他父亲传给他的话，说是，那时候，山中军行不得鼓角，鼓角则疾风雨至。这或许就是《山本》要弥漫的气息。

一次去了一个寨子，那里久旱，男人们竟然还去龙王庙祈雨，先是祭猪头、烧高香，再是用刀自伤，后来干脆就把龙王像抬出庙，在烈日下用鞭子抽打。而女人们在家里也竟然还能把门前屋后的石崖、松柏、泉水，封为神公君，一一磕过头了，嘴里念叨着祈雨歌：天爷爷，地大大，不为大人为娃娃，下些下些下大些，风调雨顺长庄稼。一次去太白山顶看老爷池，池里没有水族，却常放五色光、万字光、珠光、油光，池边有着一种鸟，如画眉，比画眉小，毛色花纹可爱，声音嘹亮，池中但凡有片叶寸羹，它必衔去，人称之为净池鸟。这些这些，或许就是《山本》人物的德行。

在秦岭里，可以把那些峰认作是挺拔英伟之气所结，可以把那些潭认作是阴凉润泽之气所聚，而那山坡上或洼地里出现的一片一片的树林子，最能让我成晌地注视着。每棵树都是一个建筑，各种枝股的形态那是为了平衡，树与树的交错节奏，以及它们与周遭环境的呼应，使我知道了这个地方的生命气理，更使我懂得了时间的表情。这或许又是《山本》布局。

随便进入秦岭走走，或深或浅，永远会惊喜从未见过的云，草木和动物，仍还能看到像《山海经》一样，一些兽长着似乎是人的某一部位，而不同于《山海经》的，也能看到一些人还长着似乎是兽的某一部位。这些我都写进了《山本》。另一种让我好奇的是房子，不论是瓦房或是草屋，绝对都有天窗，不在房屋顶，装在门上端，问过那里的老乡，全在说平日通风走烟，人死时，神鬼要进来，灵魂要出去。《山本》里，我是一腾出手就想开这样的天窗。

作为历史的后人,我承认我的身上有着历史的荣光也有着历史的龌龊,这如同我的孩子的毛病都是我做父亲的毛病,我对于他人他事的认可或失望,也都是对自己的认可和失望。《山本》里没有包装,也没有面具,一只手表的背面故意暴露着那些转动的齿轮,我写的不管是非功过,只是我知道了我骨子里的胆怯、慌张、恐惧、无奈和一颗脆弱的心。我需要书中那个铜镜,需要那个瞎了眼的郎中陈先生,需要那个庙里的地藏菩萨。

　　未能一日寡过,恨不十年读书,越是不敢懈怠,越是觉得力不从心。写作的日子里为了让自己耐烦,总是要写些条幅挂在室中,《山本》时左边挂的是"现代性,传统性,民间性",右边挂的是"襟怀鄙陋,境界逼仄"。我觉得我在进文门,门上贴着两个门神,一个是红脸,一个是黑脸。

　　终于改写完了《山本》,我得去告慰秦岭,去时经过一个峪口前的墚上,那里有一个小庙,门外蹲着一些石狮,全是砂岩质的,风化严重,有的已成碎石残沙,而还有的,眉目差不多难分,但仍是石狮。

2017.10.13 夜

选自人民文学出版社《山本》

　　作为一部长篇历史小说,贾平凹的《山本》不仅有对秦岭的"百科全书"式书写,而且也有对近代中国的深度反思。一方面,对涡镇二十世纪二三十年代充满烟火气的世俗日常生活进行着毛茸茸的鲜活表现;另一方

面,却也有着哲学与宗教两种维度的形而上思考。《山本》,是一部生命之书,一部苦难之书,更是一部悲悯之书。

——文学评论家　王春林

秦腔（节选）

贾平凹

　　清风街的故事该告一个段落了吧。还说什么呢？清风街的事,要说是大事,都是大事,牵涉到生死离别,牵涉到喜怒哀乐。可要说这算什么呀,真的不算什么。太阳有升有落,人有生的当然有死的,剩下来的也就是油盐酱醋茶,吃喝拉撒睡,日子像水一样不紧不慢地流着。夏风是在夏天智过了"头七",就返回了省城。那个陈星比夏风还早一天也背着他的吉他走了。陈星的走,有些莫名其妙,因为开春后他还请了县农技所的人来修剪了一次果林,而且头一天在戏楼上弹着吉他唱歌,唱了一首又一首,几乎是办了一场他的演唱会,第二天一早他却走了,走了再没有在清风街露面。以后呢,是天渐渐又热了,蝉在成蛹了,猫在怀春了,青蛙在产卵了,夏天义一日复一日地还在七里沟,只是每次从七里沟回来,路过夏天智的坟前,他就唠叨得给坟前竖个石碑的。他责问过夏雨,夏雨说这事他和夏风商量过,夏风让等他回来了好好给爹竖个碑的,他已经请石匠开出了一个面碑石了。夏雨却对夏天义问起一件事来,是不是县上派人来调研重新分地的事了？夏天义睁大了眼睛，说："你听谁说的？"夏雨说："上善……你不知道呀？"夏天义说："狗日的！"夏雨说："他们不知来调研啥的，是同意重新分地，还是不同意分地？"夏天义说："一壶酒都冷喝了，才端了火盆呀！"夏雨说："……"夏天义说："总算来了，来了就好，我夏天义的信还起作用么！"夏雨说："二伯你又告了？！"夏天义没言传，抄着手回家去了，他的头向前倾着，后脖子上的壅壅肉虽然没了，却还泛着一层油。但是，县上的来人却路过了清风街先去了西山湾，而麦子眼看灌浆了，清风街下起了一场大雨。雨先是黑雨，下得大中午像是日头落山，黑蒙蒙的。再是白雨，整整一夜，窗纸都是白的。雨大得人出不了门，拿盆子去接屋檐水做饭，怎么接只能接半盆子。白雪抱着孩子站在台阶上，从院墙头一直能看到南山崄，山崄被黑色的云雾裹着，像是坐着个黑寡妇，她就不看了。门楼的一角塌了，裸露出来的一截木头生了绿毛。院子里的水已经埋没了捶布石，墙根的水眼道被杂物堵了，夏雨在使劲地捅，捅开了，但水仍是流不出去。他出了院门，开始大声叫前院人的名字，大名小名地叫，前院里才有了应声。夏雨说："耳朵叫驴毛塞了？你家尿窖子溢了，屎尿漂了一巷道！"前院人说："水往尿窖子里灌哩，我有啥办法，我日天呀？！"夏雨说："你还躁哩？！你为啥不在尿窖边挡土堰呢？"就取了镬头去疏通巷道了。四婶在厨房门口生火盆，让白雪把孩子的湿尿布拿来烘一烘，就听到轰的一声。白雪说："娘，谁家的院墙又塌了！"四婶说："塌吧，塌吧，再下一天，咱这院墙也得塌了！"白雪没有拿了湿尿布去烘，回坐在门槛上，觉得屋里黑暗，阴气森森的，打了一个冷颤。

雨又下了一天，夏家老宅院的院墙没有塌，只掉脱了席大一面墙皮，但东街塌倒了十二道院墙，武林家的厦房倒了，农贸市场的地基下陷，三堕的砖瓦场窝了一孔窑，而中街西街也是塌了十三间房三十道院墙，压死了一头母猪、五只鸡。街道上的水像河一样,泡倒了戏楼台阶,土地神庙一根柱子倾斜,溜了十行瓦,土地公和土地婆全立在泥水里。整个街上的水流进了东街外的小河,小河水满,冲走了庆金刨修的地,也冲垮了两岸的石堤,一棵柳树斜斜地趴在那里。州河有石鳖子堆,总算没决溃,但也水离堤只差了一尺,男女老幼几百人在护卫,君亭几天几夜都没有回家,锣敲得咣咣响,要严防死守。而伏牛梁更糟,有泥石流往下涌,涌没了那一片幼树林子,退耕还林示范点像是癞疮头,全是红的黄的疤和脓,没了几根毛发。清风街人都愁着,见了面就骂天:一旱旱了五年,一下却把五年的雨都下来了,这是天要灭绝咱呀!

选自人民文学出版社《秦腔》

(本文由中国作家协会副主席阎晶明朗读。)

  为此,我把《秦腔》看作一种尊灵魂的写作。所谓尊灵魂,即不忘在作品中找天地之"心"、寻人类之"命"。——这样的意识,在当代写作界,正变得越来越稀薄,此是当代文学之主要危机。由尊灵魂,而有生命叙事;由生命叙事,才得见一部作品的生命和情理。读《秦腔》,若不能深入到这个层面,是断难在众多沉实的段落里看出作者的苦心经营的。

——中山大学中文系教授、博士生导师　谢有顺

浮躁（节选）

贾平凹

州河发过大水之后，小水再也没有见过金狗。多少天来，人们纷纷议论这场洪水，震惊州河还有这么大的能耐，洪水暴起，竟险些将州城、白石寨淹了！金狗发水时还在不在村子？没有人告诉她，她也不能去问，间或河运队的人从寨城南门外的渡口到铁匠铺来，拿了鱼提了鳖，只是强调补养小水身子时，她就知道金狗是到州城去了。

小水自此一直穿那件没有第三颗纽扣的衫子，即使风再大，刀子般地直往怀里钻，她也不愿意换别的衫子或者重新在这件衫子上钉上纽扣。在恍恍惚惚的境界里，她似乎觉得这第三颗纽扣不在了，自己的一颗心也不在了！常常丢三忘四，明明要去某一处取什么东西时，到那一处了却忘记了该取什么，甚至在给外爷和福运说话的时候，说着说着就记不起还要说的一件事。这个时候，她是多么恨金狗呀，但常常恨过之后，她就更觉惶恐：咒人会把人咒死的，她这种怨恨会不会给金狗带来灾难呢？她甚至怀疑过自己以前是不是看错了也爱错了金狗？但这种想法才一泛上心头，她就马上打消。当她一个人待在某一处情不自禁地说道："金狗，你学坏了，你这坏金狗！"却立即默声祈祷，永不愿他真是学坏了。小水确实是剪不断理还乱那一脉情思啊，虽然金狗离开她走了，将永远属于另一个女人了，但她怀念着往昔的情谊。这情谊有什么错吗？它是纯洁的、真挚的、常忆常新的，似乎就是她从此以后漫长的人生旅途上的一袋干粮，永远值得咀嚼！让金狗再全心全意地来爱她已不可能，且这种奢望在小水看来已近于荒唐甚至可耻，但是她愈来愈多的体会是，被别人爱是一种幸福，而爱别人则是一种更长久无限的幸福！她偷偷给金狗写过三封信，却一封信也未寄出，只是在过着一种将痛苦炮制成幸福的单相思的日子。

小水明明是绝望的，但使自己也惊奇的是每天早晨一经从炕上翻起就产生一个念头：金狗突然要给她来一封信的！

但金狗没有来信。

选自人民文学出版社《浮躁》

（本文由中国出版集团公司副总裁潘凯雄朗读。）

《浮躁》在一定程度上写出了改革开放之初中国农村发生的潜移默化的变化，写出了体制的松动，旧秩序的动摇，人心点燃的希望，不屈的挣扎与奋斗……陷于贫困中的人们，是如何渴望脱贫致富。他们与河流搏斗，为的是获得生存下去的基本保障。也确实有一种改变生活的愿望和情绪在躁动，仙游川、两岔乡、白石寨县，乃至整个商州，都涌动着一股热潮，我们可以感受到社会各阶层都在渴望一种新生活。

——北京大学中文系教授、评论家　陈晓明

想 念

Reminiscences

说到"想念"这两个字,你有没有想到某个人?不管你想到了谁,都让我们在心底感谢他,因为他让我们对人的感情又多了一种认识。想念是那么奇特,它可以是甜蜜的,也可以是苦涩的;可以是深刻的,也可以是淡然的;可以是绵长的,也可以是短暂的。想念往往不是刻意的,它出现在很多我们无法控制的瞬间:看电影,听首歌,望着一张相片的时候,或者,就在闭起眼睛的那一刻。

　　对于史铁生来说,想念是在开满菊花的秋天,母亲曾经说的

那一句话:"我们俩在一块儿,要好好地活";而对于终老望乡的洛夫来说,想念是"故国的泥土,伸手可及／但我抓回来的仍是一掌冷雾"。

想念让日子变长了,让不及的人变近了,让我们最终明白,想念是拥有的另外一种形式。他想我,我想他,想念让我们的世界变得更有温度。让我们一起走进一座座情感的博物馆,去看一件叫"想念"的藏品会折射出怎样的光彩。

想　念

Reminiscences

走进朗读亭

Reading Pavilion

"叔叔,记得我的可乐,要冰冻的。"这一句所包含的精神,改变了我的一生。

朗读者 薛枭(可乐男孩)

春天回来了,／这里幸存下来的生命,在帐篷、在板房、在废墟的建设工地上……

朗读者 王建昌(抗震消防官兵)

我要把这篇《宝贝睡吧》送给那些在地震中睡去的孩子们。宝贝,怕了吗／天崩地裂,吓坏你们了吧／多少爱你们的人啊,泪如雨下……

朗读者 梁策晖(四川人)

那一刻十四时二十八分,那一天五月十二日,举国同悲,全民一心。我们都是中国人,我们都是汶川人。

朗读者 5·12汶川特大地震纪念馆工作人员

今天是汶川大地震十周年纪念日。

5月12日是国际护士节，那天的演出还没开始，地震就发生了。当我冲出大厅，看到街面像波浪一样，我就知道地震了。医院的房屋全部损毁了。医院旁边有一个寺庙叫罗汉寺，我们就在素全大师的帮助下，把产妇和新生儿转移到了寺庙的院坝里。我们打着雨伞，用手电筒照明，用树枝作输液架。就在寺庙的屋檐下，第一个孩子出生了，她的哭声很响亮。我把新生儿抱过来，从头亲到脚，自己也号啕大哭。地震使我们失去了很多亲人和同胞，但是我们的帐篷里有很多新生命诞生，我们有希望。前前后后，刚好一百零八个孩子出生在罗汉寺。我们就亲切地叫他们地震宝宝，或者罗汉娃。十年了，应该好好纪念一下。不要忘记那场灾难，为了我们自己，更加幸福感恩地活下去。我把泰戈尔《我的歌》读给孩子们。

我的小孩呀，我这一支歌将扬起它的乐声围绕你的身旁……当你只是一个人的时候，它将坐在你的身边，在你耳旁微语；当你在人群中的时候，它将远远地围着你保护着你。

朗读者　桂逢春（什邡市妇幼保健院院长）

（本期节目于2018年5月12日播出）

Readers

XUAN HUA

许鞍华

朗读者

她被人们称为香港电影新浪潮当中首屈一指的女性导演。她六次获香港电影金像奖最佳导演奖，三次斩获金马奖最佳导演奖，2011年获亚洲电影大奖终身成就奖。香港作家黄碧云曾这样评价她："她的电影就是她的生活、她的人、她的光彩与粗糙、她的缺陷与完整。"

许鞍华的电影几乎全程见证了香港电影的风云变迁，很多都是香港经典电影榜单上的常客。她以一部恐怖片《疯劫》出道，这部跳脱常规的电影，让她成为香港电影新浪潮的旗手。她在自我探索的道路上走得相当艰辛，直到《女人四十》才逐步找到属于自己的风格。她把视野投向平凡的女性、社会边缘的人群，用冷静客观的镜头，记录他们的生存状态。她的电影在艺术与商业的夹缝中摸索，秉持着"温和、不偏激、持平"的立场，在香港电影中独树一帜。更值得一提的是，她发掘和重塑演员的能力是巨大的，斯琴高娃、鲍起静、刘德华都是在她的帮助下，登上重要电影奖项最佳男女主角的宝座。

生活中的许鞍华性格内敛、毫不张扬，她至今单身，租住廉价公寓，出行乘坐地铁，这种生活在有些人看来几乎称得上潦倒，似乎与她在事业上的丰富与圆满毫不相称。回顾自己的人生，她说："最悲伤的生活不过如此，最幸福的生活不过如此，所以我觉得我的人生波澜壮阔。"

朗读者 ❖ 访谈

董　卿：您从开始拍电影到现在有多久了？

许鞍华：差不多四十年吧，我的第一部电影是1979年拍的。

董　卿：从1979年开始跟您一起拍电影的那些伙伴们，到现在还在拍电影的多吗？

许鞍华：比较少。跟我合作很久的剪辑、摄影退休了，有一位剪辑过世了。

董　卿：您想念的是不是都是过去和您一起拍过电影的人？

许鞍华：对。我肯定会想念的就是胡金铨①导演。我在英国的时候胡金铨过来，那时董桥在英国广播公司（BBC）做事，就特地介绍他跟我认识。

董　卿：您跟他在一起工作了多久？

许鞍华：只有两三个月。我爸爸不喜欢我跟胡导演工作。他说："你应该去电视台，应该自己去拍戏。"我对胡导说："对不起，胡导，我想先去电视台。"他只是笑着说了一句："哎呀，怎么你们把我的公司当成了咖啡厅呢？"可是后来，他还是对我们很好。原来我心目中伟大的人和伟大的电影工作者是很普通的，而且心地挺好的，也不歧视女人。（笑）

　　后来他写了一封很长的信给我，希望我自己能宁静致远。他还说，如果有一天在外国的影展里，我们不需要用中国的

---

① 胡金铨是香港电影史上的大师级人物，代表作有《龙门客栈》《大地儿女》《侠女》等。他创造了香港武侠电影独树一帜的风格。

丝绸、瓷器或古董来吸引外国人,而是拍一些水准非常好的戏,我觉得我们中国电影就成了。他自己是拍古装片的,可他说,如果不用这些噱头,那才行。这封信我保存了差不多二十年。

1986年,谢晋导演要拍《芙蓉镇》,找了很多作家和导演提意见。当时在香港的发行公司老板问我能不能去,我说好。我就扛了一个像棺材一样大的箱子,接着滚上滚下坐火车,还好那时候年纪轻。我自己坐了一辆计程车到宾馆,下车到餐厅。谢晋就在那边,一看到我就哈哈大笑说:"哈哈,那个去接你的人以为香港来的女导演一定是很时髦的啊。"我穿了西装什么的,人家都不认得我是香港女导演,连我是男是女都不知道。(全场笑)

他是有心要找我跟他一块儿合作拍《鸦片战争》。有一场戏是英军冲虎门炮台,他突然很想有人帮忙。我那个时候很喜欢拍大场面,一听到有一千个临时演员,之前我都没拍过这么多人,我就去了。我们是早上七点开工,一直晒到晚上七点,每天都这样。那时候他已经差不多八十岁了,天哪!他很高兴地来找我,穿一件睡衣,是条纹款的,还穿一双黑皮鞋,穿了袜子,拿着一个塑料包,里面全都是烈酒。我们两人去喝夜茶。他特别高兴,(笑)戴个帽子……(大声笑)

董　卿:您现在想想还觉得很好笑是吗?(全场笑)

许鞍华:我应该多帮他一点的,可是他也不会听。(笑)

董　卿:您现在想到他,想得最多的是什么?

许鞍华:他确实是一个非常成功的人,经过了那么多事还拍了那么多戏。虽然他有两个儿子智力不是很好,可是他非常非常爱他们,家庭也很和睦。

　　我感觉我受到他们的教育都不是说出来的,而是一些身教。你怎么做人其实非常重要,我评价一下自己:我做人很失败……(笑)

董　卿:(笑)失败在哪里?

许鞍华:我的个人生活一片空白,我没有好好地培养自己的兴趣,比如,除了书和一些拍戏所必需的工具,其余的我都太不懂了。我没有结婚,也没有儿女,很多人都有的经验我都没有,所以有点亏了。(笑)

董　卿:(笑)您可不可以说嫁给电影了?

许鞍华:(点头)这个可以拿来安慰自己吧。

董　卿:(笑)人生没有十全十美,导演,是不是?我相信很多年以后,就算您真的不拍电影了,还是会有很多观众想您的,因为您

　　　　　曾经拍过的电影。
许鞍华：是吧，可是我也不后悔。（掌声）
董　卿：您今天要为他们读些什么呢？
许鞍华：我七八十年代看很多香港人的诗，我最喜欢的诗人是邓阿蓝，他是一个工人，写的都是苦难。我很喜欢这些人，他们有点像我现在要纪念的朋友。

朗读者 ✤ 读本

也斯寄来邓阿蓝和我的合照——回答

马　若

很高兴你从老远的地方寄来
一张邓阿蓝和我
坐在你家沙发的合照
我不知你怎样弄的照片
黑白黑白灰黄灰黄普普通通
不过我得承认怀念的效果
比起鲜艳的色彩还要好得多
更喜欢翻看　照片的背后
你亲笔书写的字句随随意意
在寒冷如此的天气下读着
仿佛有老朋友在一旁　不停地呵暖
我既清楚又明白　尽管文字可以
雕琢得天花龙凤你不会这样做
可那份情感及关怀　透过
真挚的言语实无法伪装　我体会得到
谈到你很希望出版一本
邓阿蓝和我的散文合集　你知道
我并不刻求却十分珍惜
你的心意我默默承受

其实我不知道怎样向你解释
　　　近年来我忽然好像明白到
　　　陶靖节那一句今是而昨非的道理
　　　尤其是自从我的父亲去世后
　　　我又感觉到事物一如飘忽的微尘
　　　在我身旁轻轻地掠过
此刻窗外的北风又刮起了
呼呼过来呼呼过去
我准备拉上布帘就看见了光
远远远远的山中
数盏明明灭灭的灯火　我想告诉你
虽然微弱但十分耐看
不知会不会伸延到你那里
我这边的夜幕深深深几许
谁可以给我一个明确的指示
星星起落的方向
是否有着固定的位置
天晓得以后的日子呢
世事和人情总是两茫茫
最好还是醒一觉你已返回
并且带来喜悦的诗句
什么时候再请我到你的家里叙一叙
醉饮两三瓶红红的红酒
笑谈一个玲珑的晚上

　　　　写于一九九八年冬，改于二〇〇〇年夏

GUO GUO FU MU

朗读者

果果父母

在这个世界上，最痛苦的想念莫过于天人永隔，生死两茫茫。这对夫妻曾经有一个可爱的女儿，但是女儿在十三岁那年，因为一场突然的变故，永远离开了人间。这对父母来讲是痛彻心扉的打击，但也就在女儿离开的那天，他们俩做了一个决定，让她的生命得以以另一种形式在这个世间延续。从此，想念不再是简单的哀思，它也多了一份希望。

这对夫妻是余江和郭爽，他们的女儿叫果果。果果是重庆巴渝中学一名初二学生，从小酷爱文学，特别爱写小说，梦想是长大后当一名服装设计师。2016年9月21日凌晨四点，果果在宿舍里突然感到头痛、乏力，并伴有呕吐症状。紧急送到医院后，医生检查发现她是先天性的脑血管肌瘤破裂导致脑出血。经过全力抢救，果果仍因脑干功能衰竭，离开了这个世界。

果果离世后，悲痛中的余江和郭爽决定捐出孩子的器官。余江说："想到未来几十年，果果的一部分仍然存活着，这也是在救我们的女儿啊！"这个决定得到了果果祖辈的理解和支持。9月23日下午，在重庆市儿童医院，果果正式进行了器官摘除手术。她是重庆市第一百二十名器官捐献者，她的角膜、肾脏和肝脏，使至少两名眼疾患者重见光明，使两名肾衰竭患者和一名肝脏衰竭濒临死亡的患者重获新生。

朗读者 ❋ 访谈

董　卿：果果离开快两年了，还是会想念她吗？
果　妈：非常想，很想很想她。老实说，拼命地让自己工作，不去想。但是往往一个人的时候，看到天上的月亮，想她；看到天上的星星，想她。
董　卿：我想对于你们来说，很难接受的一点是，果果生病、离开得非常非常突然。
果　妈：(点头)太突然了。我接到老师的电话去接她，她躺在床上，跟我说："妈妈，我没有力气，我头晕。"我发现她的眼睛在抽搐，嘴角开始抽搐，手在空中舞动，我就吓坏了。她跟我说："妈妈，我控制不了我的手。"这是她跟我说的最后一句话。
董　卿：你到医院看到她的时候，她是什么样子？
果　爸：已经昏迷了。
果　妈：医生怀疑是先天性的脑血管肌瘤突然破了，大面积出血。它在颅内的脑底，位置特别特别不好。那个时候我都不懂，我觉得孩子会醒过来的，都不知道害怕。
果　爸：对于我们来说，女儿永远地活在了十三岁。
董　卿：果果是一个非常活泼、喜欢读书的孩子，是吗？
果　妈：她写小说，写诗。2016年中秋节，我们一家三口在路上散步，她就跟我们讲："爸爸妈妈，我要成立我的文学社。我都想好了，Crystal(水晶)文学社！"她就走在我们两个中间，一只手拉着我，一只手拉着她的爸爸。
董　卿：我们有一段果果播音的录音。所有观众也可以通过这样的方

式来感受一下她是个怎样的孩子,好不好?

果爸 果妈:好的。

　　(现场播放果果生前录音:"亲爱的大家们,你们好!欢迎来到 Crystal 文学社第一期电台!夜空中最亮的星其实就是我们自己。在动画片《狮子王》中有一段经典对白:'每个人死后都会变成一颗星星,而星星却在天上守护着我们。'")

董　卿:我们能感受到一个女孩对未来、对未知的向往。其实这段录音不是从你们二位手上拿到的,而是从中国人体器官捐献管理中心拿到的。这也意味着在果果很快地离开之后,你们做出了一个决定。

果　爸:在当时那种情况下,我和她妈妈完全没有想这么多。果果是21号进的医院,第二天,22号早上,儿童医院的主任医师把我们俩叫到他的办公室,告诉我们果果现在面临的两个选择：第一个就是靠呼吸机维系下去，还可以有另一个选择。其实很奇妙，就在主任医师说这句话的时候，我的头脑一瞬间就反应过来了。我问他："是不是器官捐献？"当时我牵着果妈的手，从她的眼神里看到了同意。果果的器官能够救助其他人，对我们来说，就是女儿还活着。（掌声）

董　卿：家里的老人也不反对吗？

果　妈：出乎我们的意料，最爱她的外公外婆全同意了。22号晚上外婆就跟我讲："那些维持孩子生命的药物对器官不好。既然你做了决定，就让她的器官在质量好的时候去帮助那些需要的人。"（掌声）

董　卿：有没有在协议落笔的时候突然犹豫或后悔呢？

果　爸：其实在那个时候，我们没有太去想要捐什么。唯一有一样我没有捐，就是我女儿的心。我舍不得，真舍不得。（哽咽）我觉得女儿的心一直跟我们在一块儿。

董　卿：现在果果捐献的这些器官救助了多少人？

果　妈：五个人，我相信也是五个家庭。

董　卿：让五个可能也曾经陷于绝望的家庭重新找到了希望。在果果走了之后你们成立了一个基金。

果　妈：为山区的一百名孤儿捐赠了为期一年、每个孩子十万的重大疾病险。

董　卿：解除痛的最好方法是付出比痛更多的爱。刚才提到，果果捐赠的器官已经救助了五位患者，但是按照国际惯例，似乎捐、受者之间是一个双盲选择，彼此是不知道信息的。

果　妈：是。

董　卿：所以你们也不知道救助的到底是什么人？

果　妈：是，我就很好奇，但是我又害怕。我真心希望我孩子的器官在受捐者的身体里好好的。

董　卿：我们接下来要听到两段很特殊的录音，也许你们可以猜到这两个声音和你们之间是什么样的关系。我们一起来听。

　　　　（现场播放录音）

录音一：亲爱的捐献者家属，你好！我是一名有着十四年透析经历的尿毒症患者。感谢你们做出了器官捐献的决定，正是因为这个决定，才让我重新拾起了生的希望。两年过去了，受捐的肾脏在我的身体里一直健康地住着，我常常会对它说："我们一定要好好活着。"

录音二：我是一名大学四年级的女孩。2015年，我患上右眼角膜白斑症后便登了记，一直在等待角膜移植手术。我一度以为我的后半生都要在一半的黑暗中度过。但让我没有想到的是，在2016年，我竟意外获得了你们送给我的光明礼物。是这只珍贵的眼角膜让我又能重新返回课堂，重新拾回光明。在这里，我想对你们说："谢谢你们的无私，虽然我和你们此生无缘相见，但请你们放心，我会珍惜有它在我眼睛里面的每一天。我看到的就是她看到的。我会带着她一起去看星空、看大海，一起去看这个美丽的世界。"（掌声）

董　卿：如果说当时的决定多少可能还有一些自我拯救的愿望在里面，但是今天，听到这样的声音，可能又有了一些对生命的新感悟。

果　爸：（流泪）说实话，这一年半以来，我经常也会想，我家的丫头，她的器官在谁的身上，过得还好吗，到底在哪一个方向……没想到，今天《朗读者》能够让我们知道，我们女儿的身体还健健康康的，还活得好好的。我们应该要感谢接受我们女

儿器官移植的五个人，他们能带着我们女儿一起活下去。所以我们要感谢他们。（果爸果妈鞠躬，全场鼓掌）

董　卿：我想，今天的这份想念已经不仅仅是你们对她的想念，还有受捐者对她的想念，还有受捐家庭对她的想念。今天我们的现场还坐着一些特殊的来宾，他们也都是曾经接受过器官移植的患者。

（屏幕播放众多器官捐赠者的照片）

看着他们的笑脸，看着我身边的这些嘉宾，我有一种很特殊的感受：生命多么奇妙，你我从未相遇，你我从不相识，但是你我会永远在一起。爱因为博大而变得高贵，高贵的爱也会让想念止于哀伤，臻于慈悲。感谢你们，想念你们。

➡ 导演手记

果果父母：
世界以痛吻我，要我回报以歌

导演　隋月颖

2017年，在《朗读者》第二季的节目策划会上，"器官捐献"成了我们热议的重点选题。随后，我们和中国人体器官捐献管理中心取得了联系，果果父母的出现，让我们体会到了痛与希望的双重震撼。

记得第一次电话采访前，我做了充分的准备，但真正拨通电话，听到果妈平静的声音时，我还是有些震惊。果妈说："导演，没关系。你直接问吧，我可以的。"她的声音如此坚定、克制，让我第一次在采访对象面前手足无措。我想，在她表面的波澜不惊之下，一定藏着很难走出去的痛彻心扉。

中国人最不愿直面"死亡"这个敏感词汇，而我们的谈话却不得不涉及这个话题。女儿的最后一夜，对果果父母来说如同噩梦。回想那一夜，果妈说："我总觉得我的女儿不可能那么脆弱。我的心里好像一直有个声音在告诉自己，女儿是不会离开的，她一定会在某个时间点醒来。当时我和她爸爸一边彼此依偎坐在重症监护室的门外看着时针一分一秒地转动，一边慢慢陷入了绝望。那种无能为力的感觉，就像正在做一场你拼命想醒来的噩梦。最后，眼睁睁地看着时间把我们和女儿之间的距离拉得越来越远，以至于周围的事物都开始变得恍惚。我们在医生、家人和女儿的老师、同学面前，都没有哭泣，因为已分不清梦和现实的区别了。"

果果救不回来了。果妈和很多人一样，在没有经历这个过程之前，别说选择器官捐献，仅仅是听到这样的字眼，都会起鸡皮疙瘩。她总觉得这种事情离她的生活很远，从未想过有一天自己会面临这样的选择。在女儿生命将要结束的时刻，当医生提出器官捐献时，果果父母像是抓到了一根救命的稻草。一想到她的肝脏、肾脏和角膜还能够继续在这个世界上活着，夫妻俩就觉得女儿并没有离开。而且，能够帮助其他人，一定也是女儿所希望的。在决定捐出果果器官的那一瞬间，他们反而释然了。

在果果的告别仪式上，果果父母不停地提醒彼此和到场的同学、来宾不要掉眼泪，他们不希望女儿沉重地离开。粉色的告别式邀请卡上写着这样一段话:"我是上帝派来的小天使,我用十三年的时间给大家带来幸福和快乐。我是璀璨星空中最明亮的星星,现在要飞回我的星空。""这不是告别式,是欢送会。"果果父母这样注解女儿的一生。

只有在独自面对镜子时,果妈才会还原为一位母亲本来的模样。她说:"当时有很多人惊讶我们怎么会这么坚强。其实,只有一个人面对镜子的时候,我们才会哭得撕心裂肺。面对镜子里的自己,我会清醒地意识到,所有表面的坚强只是因为自己不愿意相信现实罢了。镜子里那个恐惧、痛苦的我,才是一个真正的妈妈。直到现在,我几乎每天早上醒来,还感觉自己的心是被疼醒的。"

果爸是一个和声细语的男人。我原以为,父亲对女儿的情感会更隐匿而深沉,但没想到的是,我们的那次采访竟成了果爸的一次克制的宣泄。近两个小时的时间,他几度哽咽、抽泣,以至于我有好几次都不忍再问下去。他是一个把对女儿的想念寄存在内心隐秘角落的父亲。他至今无法忘记女儿在去世前一个月为他做的一份三明治早餐——那是女儿第一次为他做饭。

而现在的他只能一个人走进女儿的房间,一待就是很长时间不出来。一遍遍翻看女儿的照片和日记,静静地躺在女儿的床上,想寻回女儿熟悉的气息。

果爸提及果果的外婆,让我印象深刻。在决定捐献果果器官之前,是家里的老人给了果果父母莫大的支持。果果七十多岁的外婆曾说:"那些维持孩子生命的药物对器官不好。既然你做了决定,就让她的器官在质量好的时候去帮助那些需要的人。"在果果拔掉呼吸机之前,这位老人在她的床前轻声对她说:"我的好孙女,放心地走吧,外婆会替你照顾好爸妈的。"

老人是这么说的,也是这么做的。从果果离开那天起,老人每天都会给果果父母准时打一通电话，大到增减衣物，小到每顿餐食，都会反复叮嘱。每次回家，热腾腾的饭菜都会准备好，只等他们进门。

在果果父母的心里，女儿未曾离开。他们以女儿的名义成立了一个基金，为山区百名孤儿捐赠重大疾病险，还多次自行驱车前往藏区偏远小学，为孩子们送去学习用品和衣物。果爸说："每一次出发，我都觉得是和女儿同行。我会带着女儿的爱心一起去帮助那些需要帮助的孩子。以这样的方式来想念她，如果她能在天上看到，一定是非常开心的。"

这样的爱何其深沉，何其厚重，又何其伟大！我被这充满爱的一家人感动了，感动于他们的彼此间温暖的支撑，感动于他们对这个世界的爱，更感动于他们将陨落的生命变得如此华彩壮丽。

采访最后，当我问果果父母是否愿意参加《朗读者》节目录制的时候，他们的回答是，对于我们个人而言，是不愿意过多接受媒体邀请的，但如果我们的参加能够让更多人了解器官捐献的真正意义，能够让自愿加入器官捐献的人越来越多，那我们义不容辞。

2018年3月21日，果果父母来到了我们的录制现场，他们质朴而真挚的语言让所有人潸然泪下，让我们肃然起敬。同时，我们也委托中国人体器官捐献管理中心为他们找到了果果的眼角膜和肾脏的受捐者的声音。当我们把两份录音当作为他们准备的礼物送给他们的时候，他们只对我说了两个字：谢谢！

果爸说，其实和果果告别的最后夜晚，他抚摸着女儿的额头，自己的心脏突然有瞬间被击中的感觉。那一刻他已经认定，女儿的某个器官一定被移植成功了。我想，那一刻对于他们来说，如同女儿的新生。

果妈则悄悄告诉我,这一年多来,她曾想过女儿的器官在另一个生命里是否过得安好。今天能够听到受捐者的声音,她的心一下子踏实了很多,没那么痛了。她会把这份美好的礼物永远留存在记忆里。

果果父母是千千万万普通父母中的一对,他们平凡而质朴,却用善举让在绝望中等待的人们看到了曙光,让生命突破了生与死的区隔。他们为果果做出了器官捐献的决定,也让生命在爱中永远传递。

妞妞：一个父亲的札记（节选）

周国平

15　永恒的女儿

你让我做了一回父亲。太短暂了，我刚刚上瘾，你就要走了。你只让我做了片刻的父亲。

可是，你在我身上唤醒的海洋一般深广的父爱将永远存在，被寂寞的天空所笼罩，轰响着永无休止的呼唤你的涛音。

在男人的一切角色中，父亲最富人性。其余种种角色，包括儿子、丈夫、野心家、征服者，面对父亲角色都不由自主地露出愧色，压低嗓门说话。一个真正的男子汉一旦做了父亲，就不能不永远是父亲了。

你净化了我看女人的眼光。你使我明白，女人都曾是女儿，总是女儿。愈是爱我的女人，我愈是要这样看她。

然而，别的女儿迟早会身兼其他角色，做妻子和母亲，你却仅仅是女儿，永远是女儿。你是一个永恒的女儿。

我的永恒的女儿，你让我做了永恒的父亲。

16　幻灭之感

我们平时深陷在红尘之中。尽管亲戚朋友的死会引起我们物伤其类的悲哀，但那毕竟是旁人的死，和我们隔了一层。对于我们自己的死，我们只能想象，没有一个人能够亲眼目睹自己的死。死，似乎是一件目睹者不可身受、身受者不可目睹的事情。

然而，自己孩子的死就不一样了。孩子真正是亲骨肉，他的生命直接从我们自己的生命分出。在抚育他一天天生长的过程中，我们又仿佛在把自己的生命一点点转移到他身上去。不管我们的理性多么清醒地洞察死后的虚无，我们的种族本能仍然使我们多少相信孩子的生命是我们自己生命的延续。所以，目睹孩子的死，差不多是目睹了自己的死。这是一种最接近于目睹和身受相重合的死。目睹自己所孕育的生命毁于一旦，无常在眼皮底下演出一整出戏，世上不会有比这更可怕的幻灭之感了。

也许，我的女儿，你的短促美丽的生命是我的真实宿命，而我在人世的苟活只是一个幻影……

17　等和忍

我究竟在等什么呢？

在这个世界上，奇迹比美德（所谓善），甚至比公道（所谓善有善报）更为罕见，我早已不相信奇迹了。

当然，我不是在等那必将到来的结局。一个父亲怎么会等他的孩子的死呢？

可是我确实在等。我在等我的患有绝症的女儿的每一次欢笑，她那么爱笑，我的等待很少落空。

我知道，总有一天，病痛会迫使她不再欢笑，并且终于夺去她的生命。那时候我将不再等待，只是咬牙忍受。

人生无非是等和忍的交替。有时是忍中有等，绝望中有期待。到了一无可等的时候,就最后忍一忍,大不了是一死,就此彻底解脱。

18　生命的得失

我问自己:

一个婴儿刚出生就夭折了,他究竟一无所失,还是失去了他应该享有的漫长的一生?

一个老人寿终正寝了,他究竟失去了他曾经享有的漫长的一生,还是一无所失?

我问自己:

生命的得失究竟如何衡量?寿命的长短究竟有何意义?

我对自己说:

生命是完整的、不可分割的,因此无论什么年龄的死都是不可计算和比较的,都是一个完整的生命的丧失。

我发现我的问题和答案都似是而非,用玄学掩盖了一个常识的真理:老人的死是自然的、正常的,孩子的死是不自然的、荒谬的。

面对死,孩子给人一种实在的安慰:生命是不可阻遏的。

但是,面对孩子的死呢?

19　平庸的父亲

诗人不宜做丈夫。一结婚,诗意就没了。哲学家不宜做父亲。儿女生下来,哲学就死了。

我可曾发过诸如此类的高论?

于是有人据此劝慰我:"这是天意,上帝要你做哲学家。"

可是现在，如果允许我选择，我毫不犹豫地选择做父亲，不做哲学家。

一位朋友替我提供理由：在这个时代，平庸的哲学家太多了，而杰出的父亲太少了。

不，我的选择是：宁可做平庸的父亲，不做杰出的哲学家。

我的理由要简单得多：我爱我的女儿胜于爱一切哲学。没有一种哲学能像这个娇嫩的小生命那样使我爱入肺腑。只要我的女儿能活，就让随便什么哲学死去好了。

然而，我的女儿注定活不了。

然而，形形色色的哲学注定要在这个世界上活下去。

我抱着我的女儿的小小尸体，拒绝接受任何一种哲学的安慰。

由不得我选择，我骨子里就是个平庸的父亲，做不了杰出的哲学家。

20 尼俄柏的眼泪

在西皮罗斯的悬崖上，耸立着一位母亲的石像。她全身僵硬，没有生命，唯有那双呆滞的眼睛淌着永不干枯的泪水。

这是尼俄柏在哭她的惨遭杀害的儿女。

这位忒拜的王后，曾经是人间最幸福的母亲，膝下有七个美丽的女儿和七个健壮的儿子。她多么天真，并不夸耀她的权势和财富，却仗着她有众多可爱的孩子而傲视子女稀少的天神勒托，终于遭此可怕的报复。

当舞蹈家邓肯的两个孩子在车祸中丧生时，她觉得她也像尼俄柏一样变成了石头。从此以后，不管她又经历了些什么，一切都已经外在于她,就像浪花外在于石头一样。

尼俄柏和邓肯是真正的女人,她们爱孩子远胜于爱使她们显赫的王位或艺术。我相信她们的野心是纯洁的,因为这野心温顺地听命于她们的至高无上的母性。

对于一个母亲(我还要加上父亲)来说,不可能有比丧子更加惨烈的灾祸了。有一项调查表明,在各类生活事件中,子女死亡造成的心理压力最大。别的事件打击头脑或心灵,丧子却直接打击人类最深沉的种族本能。

所以,尼俄柏是一个悲惨的象征。在灾祸降临的那一刻,她变成了石头,她的一切都死了,唯有她的悲哀永远活着。只要天下还有不幸的父母,她的眼泪就不会流干。

选自人民文学出版社《妞妞:一个父亲的札记》

(本文由果果爸余江朗读。)

《妞妞:一个父亲的札记》是为除周国平之外的另一个或其他许多的寂寞而写的。周国平大概永远不会知道,陪着他的寂寞坐着的,另外还有很多寂寞。

——出版人、书评家 黄集伟

生命本来没有名字

周国平

这是一封读者来信,从一家杂志社转来的。每个作家都有自己的读者,都会收到读者的来信,这很平常。我不经意地拆开了信封。可是,读了信,我的心在一种温暖的感动中战栗了。

请允许我把这封不长的信抄录在这里——

不知道该怎样称呼您,每一种尝试都令自己沮丧,所以就冒昧地开口了,实在是一份由衷的生命对生命的亲切温暖的敬意。

记住您的名字大约是在七年前,那一年翻看一本《父母必读》,上面有一篇写孩子的或者是写给孩子的文章,是印刷体却另有一种纤柔之感,觉得您这个男人的面孔很别样。

后来慢慢长大了,读您的文章便多了,常推荐给周围的人去读,从不多聒噪什么,觉得您的文章和人似乎是很需要我们安静的,因为什么,却并不深究下去了。

这回读您的《时光村落里的往事》,恍若穿行乡村,沐浴到了最干净最暖和的阳光。我是一个卑微的生命,但我相信您一定愿意静静地听这个生命说:"我愿意静静地听您说话……"我从不愿把您想象成一个思想家或散文家,您不会为此生气吧。

也许再过好多年之后,我已经老了,那时候,我相信为了年轻时读过的您的那些话语,我要用心说一声:谢谢您!

信尾没有落款，只有这一行字："生命本来没有名字吧，我是，你是。"我这才想到查看信封，发现那上面也没有寄信人的地址，作为替代的是"时光村落"四个字。我注意了邮戳，寄自河北怀来。

从信的口气看，我相信写信人是一个很年轻的刚刚长大的女孩，一个生活在穷城僻镇的女孩。我不曾给《父母必读》寄过稿子，那篇使她和我初次相遇的文章，也许是这个杂志转载的，也许是她记错了刊载的地方，不过这都无关紧要。令我感动的是她对我的文章的读法，不是从中寻找思想，也不是作为散文欣赏，而是一个生命静静地倾听另一个生命。所以，我所获得的不是一个作家的虚荣心的满足，而是一个生命被另一个生命领悟的温暖，一种暖入人性根底的深深的感动。

"生命本来没有名字"——这话说得多么好！我们降生到世上，有谁是带着名字来的？又有谁是带着头衔、职位、身份、财产等等来的？可是，随着我们长大，越来越深地沉溺于俗务琐事，已经很少有人能记起这个最单纯的事实了。我们彼此以名字相见，名字又与头衔、身份、财产之类相连，结果，在这些寄生物的缠绕之下，生命本身隐匿了，甚至萎缩了。无论对己对人，生命的感觉都日趋麻痹。多数时候，我们只是作为一个称谓活在世上。即使是朝夕相处的伴侣，也难得以生命的本然状态相待，更多的是一种伦常和习惯。浩瀚宇宙间，也许只有我们的星球开出了生命的花朵，可是，在这个幸运的星球上，比比皆是利益的交换、身份的较量、财产的争夺，最罕见的偏偏是生命与生命的相遇。仔细想想，我们是怎样地本末倒置、因小失大，辜负了造化的宠爱。

是的——我是，你是，每一个人都是一个多么普通又多么独特的生命，原本无名无姓，却到底可歌可泣。我、你、每一个生命都是那么偶然地来到这个世界上，完全可能不降生，却毕竟降生了，然后又将必然地离去。想一想世界在时间和空间上的无限，每一个生命的诞生的偶然，怎能不感到一个生命与另一个生命的相遇是一种奇迹呢。有时我甚至觉得，两个生命在世上同时存在过，哪怕永不相遇，其中也仍然有一种令人感动的因缘。我相信，对于生命的这种珍惜和体悟乃是一切人间之爱的至深的源泉。你说你爱你的妻子，可是，如果你不是把她当作一个独一无二的生命来爱，那么你的爱还是比较有限。你爱她的美丽、温柔、贤惠、聪明，当然都对，但这些品质在别的女人身上也能找到。唯独她的生命，作为一个生命体的她，却是在普天下的女人身上再也无法重组或再生的，一旦失去，便是不可挽回地失去了。世上什么都能重复，恋爱可以再谈，配偶可以另择，身份可以炮制，钱财可以重挣，甚至历史也可以重演，唯独生命不能。愈是精微的事物愈不可重复，所以，与每一个既普通又独特的生命相比，包括名声地位财产在内的种种外在遭遇实在粗浅得很。

既然如此，当另一个生命，一个陌生得连名字也不知道的生命，远远地却又那么亲近地发现了你的生命，透过世俗功利和文化的外观，向你的生命发出了不求回报的呼应，这岂非人生中令人感动的幸遇？

所以，我要感谢这个不知名的女孩，感谢她用她的安静的倾听和领悟点拨了我的生命的性灵。她使我愈加坚信，此生此世，当不当思想家或散文家，写不写得出漂亮文章，真是不重要。我唯愿保持住一份生命的本色，一份能够安静聆听别的生命也使别的生命愿意安静聆听的纯真，此中的快乐远非浮华功名可比。

很想让她知道我的感谢，但愿她读到这篇文章。

1994年3月

选自人民文学出版社《周国平散文》

（本文由器官移植受者郭春蕾、蒋燮斌、张文秀、程豪、郝雅文、李成、赵立彬、李辰一和段绍平共同朗读。）

  周国平写散文，他的特点在于以散文的方式谈论哲学和人生问题，诸如生存的意义、生命的价值、死亡、孤独、自我、性与爱。总之，他集中探讨现代人精神生活中普遍存在的困境和难题，特别关注心灵、苦难与磨难、灵魂与超越等问题。这样的问题触及读者最敏感的神经末梢，最容易引起共鸣。

——评论家　陈剑晖

SHUANG
XUE
TAO

朗读者

双雪涛

很多人说，作家常常是想念的制造者，因为他们会用这世界上最美好的文字来撩拨你内心想念的心弦，就像沈从文笔下的沱江春水、莫言笔下的高粱传奇。这位作家的笔墨也是不离故土，他仿佛在用作品告诉我们，真实的日常有时候会勾起最真实的想念。

他叫双雪涛，"80后"东北作家，著有《平原上的摩西》《飞行家》等，被认为是中国颇具潜质的青年小说家。2011年，他的小说处女作《翅鬼》摘得首届华文世界电影小说奖首奖；2012年，长篇小说写作计划《融城》入围第十四届台北文学奖年金奖，这是该奖项首度有大陆作者入围；2017年，凭《平原上的摩西》获得第十七届百花文学奖中篇小说奖；2018年，凭《北方化为乌有》获得首届汪曾祺华语小说奖短篇小说奖。

东北是双雪涛的故乡，也是他在写作中反复叙述的地域。他的故事里常会出现东北雪原、东北凶杀事件以及各式各样的东北人。他说："少年的记忆是我写作的根基。我不是准确地描摹了东北全景的人，我写的是对我很有意义的、属于我自己内心的东北。"双雪涛希望用文字留下属于故乡和父辈的时代记忆，让那些他想念的人在故事中再次相遇。

朗读者 ❖ 访谈

董　卿：你一张嘴，就能让人听出你是从哪儿来的。
双雪涛：对，我童年和少年的大部分时间是在沈阳艳粉街度过的，那是城市和乡村的中间地带。据说那儿以前给皇上种过胭脂，不过没有什么色彩。
董　卿：（笑）跟它香艳的名字相去甚远。那条街上住着一些什么样的人？
双雪涛：基本上是生活条件比较艰苦的普通老百姓。但艳粉街有一点很好，就是玩的东西比较多，小伙伴比较多。父母不怎么管我，自己就变得野了一点儿，会一玩玩到很晚很晚。当时很不发达嘛，我记得街灯都已经黑了，就听着此起彼伏的父母喊自己孩子回家的声音。那时候玩藏猫猫不用藏到树后边，直接躺在地上就可以。我还被晾过几回，就是别人都散了，我还跟那儿躺着，觉得自己藏得蛮好的。（全场笑）
董　卿：艳粉街一直在你的作品中出现，你是真的很想它吗？
双雪涛：可能文学在某一方面也跟那个自由自在的、撒欢的、没有被规范的东西有点气质上的相近。所以每当我去虚构一个东西时，总会去找到那条街。
董　卿：其实我们在想一个地方的时候，往往会想到那个地方的人。
双雪涛：是的。我记得有个女孩，她是我们那条街上最能打架的。有一天，我碰巧就把她给打败了，当然是胜之不武的。夜里我发现，我们家的屋里怎么这么冷？我爸说："今天炕怎么这么凉啊！"其实炕的温度还一样，就是屋里有我们东北人说

的穿堂风。我发现咱家那门让人给卸了。我爸很纳闷,这门怎么能丢呢?后来发现,是那个女孩连夜把我们家门给拆了,还背自己家去了。第二天我负荆请罪,给人道歉,把门要回来了,自己又给装上了。(全场笑)

董　卿:《平原上的摩西》里有一篇是《我的朋友安德烈》。那是一个有原型的人物吗?

双雪涛:我们叫那个人小霍吧。我们是初中同学,老跟老师对着干。他是个非常有天赋的孩子,他的天赋主要体现在数理化上。

董　卿:发生了什么样的事情让你始终忘不了这个人?

双雪涛:当时我们有一个去新加坡的名额,就是如果考试考到了我们年组的第一名,就能去新加坡的高中上学,再直升大学。对我们来说,新加坡好像是一个世外桃源,是一个特别美好又遥远的地方,所以大家特别努力。那次是我和小霍的另一个好朋友考了第一名，老师也跟他说了他就是第一。结果榜单出来的时候，发现他已经被调整到了第二名，一个我们谁都不认识的孩子变成了第一名。小霍就跟我说，这事儿不对，我们得去跟校领导反映。我说我可不去，然后就回家了。而小霍连夜在校长室门口贴了个大字报，用了五层透明胶糊在了门上。（全场笑）校长说："我早上抠胶布就抠了两个小时。"这事太严重了。学校虽然没有开除他，但把他弄得靠边站了，老师也不怎么理他，其实他在初中的后面阶段过得蛮不开心、蛮不痛快的。

董　　卿：所以人有时候是要为讲真话付出代价的。

双雪涛：对，我觉得您总结得太好了。

董　　卿：你最后一次见到他是什么时候？

双雪涛：我父亲2008年去世。我是独生子，我当时有个很明确的感觉是，我没有时间难过，事都涌到面前来了，要开始一样一样弄，还拿个小本记好。我第一时间马上给小霍打了电话，我说我出了这么一事儿，他就过来了。我安排他和另一个人在我的书房里弄白花，然后我就出去忙别的事了。这一宿我也没睡，第二天早上我才想起来，我把两个人放在屋里给忘了。我一开门，另一个人已经睡着了，只有小霍还在扎白花呢，扎了满满当当一床白花，远远超过了需要的量，大概是那个量的十倍吧。那是我印象非常深的一次。他会像钟表一样信任我，他觉得应该为我做后盾。他可能永远不会改变，永远不会为了世界改变。（掌声）

董　　卿：你可能早就不联系这些人了，为什么在写作的时候，他们就会跳到你的视线里来？

双雪涛：他们像一个个岛屿，牢牢地占据了我脑海里的某些位置。如果不是地震，这些岛屿就不会沉没，它们会一直在。这就是童年或少年时期对一个作家的影响，尤其在我小说里的这些人，他们都把自己的尊严、体面、能双手养活自己和对自己至亲至爱的人的情感当作大事。我特别喜欢这样的人，也特别愿意去写这样的人。

董　卿：当作家有更多体会和思考的时候，毫无疑问，也是我们可以去期待未来的时候了。你今天想为大家读些什么呢？

双雪涛：我想为永存我记忆中的故乡的人们读我特别喜欢的俄国作家陀思妥耶夫斯基的《卡拉马佐夫兄弟》。这是一本大书。

董　卿：陀思妥耶夫斯基也很擅长写小人物，但你为什么选了这部小说中的片段呢？

双雪涛：它里面讲了真诚、善良和记忆等我特别喜欢的东西。

董　卿：首先要善良，其次是诚实，最后是（与双雪涛一起）不要相互遗忘。

朗读者 ❦ 读本

卡拉马佐夫兄弟（节选）

[俄] 陀思妥耶夫斯基

大家默默地站在大石头旁边。阿辽沙看了一下，不久前斯涅吉辽夫说到伊留莎怎样拥抱着父亲，一面哭，一面喊，"爸爸，爸爸，他多么欺侮你呀！"的全部情景，一下子又完全重新呈现在他的脑海里。有什么东西仿佛在他的心灵里剧烈地震动着。他带着严肃庄重的神色，环视了一下伊留莎的同学们那些明朗可爱的脸，忽然对他们说道：

"诸位，我想在这里，就在这个地方对你们说几句话。"

孩子们围住他，立刻用专注和期待的目光紧紧地盯着他。"诸位，我们快要分手了。我现在暂时还要照顾两个哥哥，其中一个就要去流放，另一个病得快死。但是不久我就将离开这个城市，也许长久地离开。诸位，我们快要分离了。现在让我们在伊留莎的石头旁边互相约定，第一，永不忘记伊留莎，第二，永不互相遗忘。以后我们一生中无论发生什么事，即使有二十年不见面，我们也仍旧要记住，我们是怎样殡葬一个可怜的男孩，他曾在桥头被我们用石头扔过，你们记得么？但以后我们大家又怎样爱起他来。他是个可爱的孩子，善良、勇敢的孩子，感到父亲名誉上所受的痛心的侮辱，因此要起来反抗。所以首先，我们要一辈子记住他。即使以后我们忙于办重要的大事，有了显赫的地位，或者陷入了某种巨大的不幸，——你们也无论如何不要忘记，我们曾经在这里感到多么美好，我们大家同心协力，由一种美好善良的情感联系在一起，——这种情感在我们爱那个可怜的小孩的时候，或许会使我们也能变成一个比目前实际的我们更好一些的人。我的小鸽子们，请你们允许我叫你们小鸽子吧，因为你们全很像鸽子，很像那些美丽的蓝灰色的小鸟儿，现在，在我看着你们善良、可爱的脸庞的时候，我的可爱的小朋友们，也许你们还不了解我对你们所说的话，因为我的话往往说得很不清楚，但是你们一定会记住，而且将来总有一天会赞同我的话的。你们要知道，一个好的回忆，特别是儿童时代，从父母家里留下来的回忆，是世上最高尚，最强烈，最健康，而且对未来的生活最为有益的东西。人们对你们讲了许多教育你们的话，但是从儿童时代保存下来的美好、神圣的回忆也许是最好的回忆。如果一个人能把许多这类的回忆带到生活里去，他就会一辈子得救。甚至即使只有一个好的回忆留在我们的心里，也许在什么时候它也能成为拯救我们的一个手段。我们以后也许会成为恶人，甚至无力克制自己去做坏事，嘲笑人们所流的眼泪，取笑那些像柯里亚刚才那样喊出'我要为全人类受苦'的话的人们，——也许我们要恶毒地嘲弄这些人。但是无论如何，无论我们怎样坏，只要一想到我们怎样殡葬伊留莎，在他一生最后的几天里我们怎样爱他，我们怎样一块儿亲密地在这块石头旁边谈话，那么就是我们中间最残酷，最好嘲笑的人，——假使我们将来会成为这样的人的话，也总不敢在内心里对于他在此刻曾经是那么善良这一点暗自加以嘲笑！不但如此，也许正是这一个回忆，会阻止他做出最大的坏事，使他沉思一下，说道：'是的，当时我是善良的，勇敢的，诚实的。'即使他要嘲笑自己，这也不要紧，人是时常取笑善良和美好的东西的；这只是因为轻浮浅薄；但是我要告诉你们，诸位，他刚一嘲笑，心里就立刻会说：'不，我这样嘲笑是很坏的，因为这是不能嘲笑的呀！'"

"一定会这样，卡拉马佐夫，我明白你的意思，卡拉马佐夫！"

柯里亚两眼放光地大声喊起来。孩子们都很激动，也想说点什么，但是忍住了，友爱地瞧着这位演说家。

"我说这话，是害怕我们将来会成为坏人，"阿辽沙继续说，"但是为什么我们一定会成为坏人呢，诸位？最要紧的是，我们首先应该善良，其次要诚实，再其次是以后永远不要互相遗忘。这话我还要重复一下。诸位，我要对你们发誓，我不会忘记你们中间的任何一个；现在瞧着我的每一张脸我都要记住，哪怕过三十年以后也这样。柯里亚刚才对卡尔塔绍夫说，我们似乎不愿意知道：'世上有没有他这个人！'难道我会忘记，世上曾有卡尔塔绍夫这个人么？他现在已不会像那次发现特洛伊的秘密时那样脸红，他睁大着可爱的、善良而快乐的眼睛望着我。诸位，可爱的诸位，我们大家应该宽厚而且勇敢，像伊留莎一样：聪明，勇敢，而且宽厚；像柯里亚一样，——他长大以后，还会更聪明的；我们还要像卡尔塔绍夫一样的怕羞但却聪明而且可爱。我又何必只说他们两人。诸位，从此以后你们大家对于我都是可爱的，我会把你们大家保留在我的心里，我请求你们也把我保留在你们的心里！谁把我们联结在这善良的情感之中，使我们现在一辈子记住它，而且乐意想起它的呢？正是那个伊留莎！正是那个善良的孩子，亲爱的孩子，我们一辈子感到宝贵的孩子！我们永远不要忘记他，对于他的永恒的、美好的纪念，从今以后将永远永远地留在我们的心里！"

"是的，是的，永远的，永远的！"所有的孩子全显出感动的脸色，用响亮的嗓音喊了起来。

"我们要记住他的相貌，他的衣裳，他的可怜的小靴子，他的小棺材，他的不幸的、有罪的父亲，我们要记住他为了父亲怎样独自勇敢地反抗全班的人！"

"我们要记住！我们要记住！"男孩们又喊起来，"他是勇敢的；

他是善良的人！"

"我多么爱他！"柯里亚叫道。

"孩子们，亲爱的小朋友们，你们不要惧怕生活！在你做了一点好事、正直的事的时候，生活是多么美好啊！"

"是的，是的。"孩子们欢欣地附和着。

"卡拉马佐夫，我们爱你！"一个声音，好像是卡尔塔绍夫的声音忍不住喊了出来。

"我们爱你，我们爱你。"大家也都齐声应和说。有许多人的眼睛里闪着晶莹的泪光。

"乌拉，卡拉马佐夫！"柯里亚兴奋地欢呼说。

"永恒地纪念死去的孩子！"阿辽沙满腔深情地接了一句。

"永恒地纪念！"孩子们又齐声说。

（耿济之　译）
选自人民文学出版社《耿济之译卡拉马佐夫兄弟》

　　为什么说《卡拉马佐夫兄弟》是大师的教科书呢？因为这部小说处理了人类的大问题：俄罗斯、革命、还有宗教，即人类灵魂的启示录。陀思妥耶夫斯基的伟大之处在于，即使他面临着难以想象的大痛苦，仍然不忘告诫人类。首先，要善良；其次，要诚实；最后，永远不要相互遗忘。

——北京大学世界传记研究中心主任　赵白生

YUAN

QUAN

袁泉 朗读者

每个人都曾经体会过想念的滋味。在过去很长一段时间里，鸿雁传书是我们表达想念的重要方式。一个个信封里究竟都装了些什么呢？对于当年还不到十一岁的袁泉来说，一个个白色的信封就如同一艘艘白色的小船，在名叫"想念"的湖两岸来回漂荡，字里行间装满了爱和成长。

袁泉 1977 年生于湖北荆州，从小喜爱文艺。1988 年，为振兴京剧，湖北省在全省中小学生中严格挑选了一批文艺尖子生，到中国戏曲学院附中学习京剧。那年，还在读小学的袁泉以全省第一名的成绩被选中了。离家去北京，和家里的联系只有书信。袁泉的父亲曾向媒体展示过近三百封家信，其中一百一十六封都是袁泉写的。孤身一人在外，独自面对成长的迷惘、学业的压力，那些温暖的家信是她力量的源泉。这些信至今还完好无损地保存在他们家里，它们记录了少女袁泉的挣扎与努力，也记录了父母对她倾注的心血与思念。

那些艰难的日子没有白挨，孤独奋战的辛苦也没有白费。袁泉年仅三十岁就入选"中国话剧百年名人堂"，是其中最年轻的一位。2013 年，她又凭借在话剧《简·爱》中饰演女主角简获得中国戏剧表演最高奖——中国戏剧梅花奖。除此以外，她还收获了戏剧表演学院奖、中国话剧金狮奖等，实现了戏剧奖项的大满贯。她的影视剧虽然产量不高，但部部都是佳作，得到观众与专业人士的喜爱与称赞。

朗读者 ❦ 访谈

董　卿：好像你在很小的时候就开启了生命中一段很深刻的想念，跟我们说说是怎样的经历吧。
袁　泉：我的家乡是湖北省沙市（今荆州市），那时候我还是一个小学四年级的学生。突然有一天，有几位老师到我们学校去选小演员。他们说，中国戏曲学院附中需要给湖北省京剧团代培一批学生，在湖北省内的几个城市寻找有学习京剧潜质的孩子，我当时就被选上了。
董　卿：那时候你才十一岁不到，最后家里是谁做主决定这件事的？
袁　泉：我自己。我记得有一天我在洗脸，当时用的还是一种搪瓷脸盆。我妈妈说："你考了，要自己想想清楚是不是真的想去学京剧。"我说："对呀，我真的想去。"所以不是父母给我安排的，是我自己做的决定。
董　卿：可能当时你只是对外面的世界有一种好奇。还记得你离开荆州去北京上学的那天是什么样子吗？
袁　泉：当年我们沙市一共有八个小朋友被选上了，四个男孩，四个女孩，所以我们会结伴而行。第一年每个家庭都有一个家长一起去。我们先从沙市坐长途汽车，大概要六个小时到武汉；再倒晚上七点的火车，第二天下午到北京。我记得我妈妈是在到北京一个星期之后回湖北的。我下了课，见到我的班主任赵老师，他跟我说："刚才你妈妈在你的教室门口站了一会儿，她非常舍不得，但还是笑着跟我们说：'孩子就拜托给你们了。'"

董 卿：你当时哭了吗？

袁 泉：老师跟我说的时候其实我并没有哭，但是回到宿舍以后，看到妈妈给我买的两双新尼龙丝袜放在床上，那时候觉得……（流泪）真的要开始了，自己要面对所有的一切。

董 卿：不到十一岁的孩子开始独自生活，更艰苦的可能还是在学戏的过程中。

袁 泉：进入戏校的前两年现在在我的回忆中是最痛苦的两年。我们每天早上六点就要起床。我记忆特别深刻的是，冬天，北京下着雪。六点半，天还没有亮，我们就裹着军大衣开始跑步。那时候头发被剪得很短，就是为了不给你时间臭美。

董 卿：（笑）你当时最怕的是什么课？

袁 泉：基本功：压腿、踢腿。因为我腿比较长，别人轻易就可以做到的动作我做不到，这个问题困扰了我前两年的学习时光。

　　　　　我记得那段时间我的膝盖好像都已经弯成了（比画）这种形状，但还是够不着。这曾经是我给我父母写的信当中几乎每封信里都会出现的内容。

董　卿：你们在那段时间里有多少书信往来？

袁　泉：应该有二百九十多封。

董　卿：我们挑选了一两封，来看看当时袁泉和爸爸妈妈都在信里说些什么。（读）"整天垂头丧气，闷闷不乐的……老师说我还不够刻苦，我听了心里非常难受，因为我觉得已经使出了自己最大的力量。不管怎样，我还是要更加刻苦的。告诉你们，我的腿离头只有竖着的两根手指那么远了。我争取在11月20日贴上。"（笑）

　　　　　我们来看父母的回信："泉泉，做父母的理解你，心疼你！我们绝不会在你竭尽全力仍暂时达不到目标的情况下，还要你去拼命。你要向老师讲清楚，说明右腿伤至今未好转。泉泉，切记住，在挫折面前不气馁，要保持良好的情绪，振作起来吧。"（掌声）收到这样的回信，你会是什么样的心情呢？

袁　泉：很温暖的。每天下了课之后，吃晚饭之前，我都会到传达室看一看有没有我的信。收到父母信的时候就像过节一样。

　　　　　离别真的非常痛苦，我记得每次要离开家前的一个礼拜，我妈会跟我爸两个人坐在楼道里敲一袋核桃，把核桃肉放在袋子里。妈妈还会给我做牛肉酱，做完之后只给我姐姐尝一点点，剩下的都要给我带去北京。我觉得不管是他们还是我，好像都在掩饰离别的很伤感的情绪。我爸爸是一个做什么事情都要有充足提前量的人，所以他总会很早把我们送上火车，其实那时候离火车开动可能还有二十分钟。这二十分钟很难

　　　　熬。我可能就不敢看他了；等到火车缓缓开动，开动到快要
　　　　加速了，下面站台上的父母们走得有点跟不上了，我才转过
　　　　头，冲我爸爸打个招呼，笑一下。(掌声)
董　卿：《目送》里有一句话：作为父母的子女，或者像我们今天作
　　　　为子女的父母，都是在一次又一次的目送当中转换了身份。
　　　　今天要为大家读些什么呢？
袁　泉：今天我要为大家朗读汤显祖的《牡丹亭·惊梦》，想把它献
　　　　给我曾经在中国戏曲学院附中十一岁到十八岁的光阴。

朗读者 ❀ 读本

牡丹亭·惊梦

〔明〕汤显祖

【绕池游】(旦上)梦回莺啭,乱煞年光遍。人立小庭深院。(贴)炷尽沉烟,抛残绣线,恁今春关情似去年?〔乌夜啼〕"(旦)晓来望断梅关,宿妆残。(贴)你侧著宜春髻子恰凭阑。(旦)剪不断,理还乱,闷无端。(贴)已分付催花莺燕借春看。"(旦)春香,可曾叫人扫除花径?(贴)分付了。(旦)取镜台衣服来。(贴取镜台衣服上)"云髻罢梳还对镜,罗衣欲换更添香。"镜台衣服在此。

【步步娇】(旦)袅晴丝吹来闲庭院,摇漾春如线。停半晌、整花钿。没揣菱花,偷人半面,迤逗的彩云偏。(行介)步香闺怎便把全身现!(贴)今日穿插的好。

【醉扶归】(旦)你道翠生生出落的裙衫儿茜,艳晶晶花簪八宝填,可知我常一生儿爱好是天然。恰三春好处无人见。不堤防沉鱼落雁鸟惊喧,则怕的羞花闭月花愁颤。(贴)早茶时了,请行。(行介)你看:"画廊金粉半零星,池馆苍苔一片青。踏草怕泥新绣袜,惜花疼煞小金铃。"(旦)不到园林,怎知春色如许!

【皂罗袍】原来姹紫嫣红开遍,似这般都付与断井颓垣。良辰美景奈何天,赏心乐事谁家院!恁般景致,我老爷和奶奶再不提起。(合)朝飞暮卷,云霞翠轩;雨丝风片,烟波画船——锦屏人忒看的这韶光贱!(贴)是花都放了,那牡丹还早。

【好姐姐】(旦)遍青山啼红了杜鹃,荼蘼外烟丝醉软。春香呵,牡丹虽好,他春归怎占的先!(贴)成对儿莺呵。(合)闲凝眄,生生燕语明如翦,呖呖莺歌溜的圆。(旦)去罢。(贴)这园子委是观之不足也。(旦)提他怎!(行介)

【隔尾】观之不足由他缱,便赏遍了十二亭台是枉然。到不如兴尽回家闲过遣。(作到介)(贴)"开我西阁门,展我东阁床。瓶插映山紫,炉添沉水香。"小姐,你歇息片时,俺瞧老夫人去也。(下)(旦叹介)"默地游春转,小试宜春面。"春呵,得和你两留连,春去如何遣? 咳,恁般天气,好困人也。春香那里?(作左右瞧介)(又低首沉吟介)天呵,春色恼人,信有之乎! 常观诗词乐府,古之女子,因春感情,遇秋成恨,诚不谬矣。吾今年已二八,未逢折桂之夫; 忽慕春情,怎得蟾宫之客? 昔日韩夫人得遇于郎,张生偶逢崔氏,曾有《题红记》《崔徽传》二书。此佳人才子,前以密约偷期,后皆得成秦晋。(长叹介)吾生于宦族,长在名门。年已及笄,不得早成佳配,诚为虚度青春。光阴如过隙耳。(泪介)可惜妾身颜色如花,岂料命如一叶乎!

【山坡羊】没乱里春情难遣,蓦地里怀人幽怨。则为俺生小婵娟,拣名门一例、一例里神仙眷。甚良缘,把青春抛的远! 俺的睡情谁见? 则索因循腼腆。想幽梦谁边,和春光暗流转? 迁延,这衷怀那处言! 淹煎,泼残生,除问天! 身子困乏了,且自隐几而眠。(睡介)(梦生介)(生持柳枝上)"莺逢日暖歌声滑,人遇风情笑口开。一径落花随水入,今朝阮肇到天台。"小生顺路儿跟着杜小姐回来,怎生不见?(回看介)呀,小姐,小姐!(旦作惊起介)(相见介)(生)小生那一处不寻访小姐来,却在这里!(旦作斜视不语介)(生)恰好花园内,折取垂柳半枝。姐姐,你既淹通书史,可作诗以赏此柳枝乎?(旦作惊喜,欲言又止介)(背想)这生素昧平生,何因到此?(生笑介)小姐,咱爱杀你哩!

【山桃红】则为你如花美眷,似水流年,是答儿闲寻遍。在幽闺自怜。小姐,和你那答儿讲话去。(旦作含笑不行)(生作牵衣介)(旦低问)那边去?(生)转过这芍药栏前,紧靠着湖山石边。(旦低问)秀才,去怎的?(生低答)和你把领扣松,衣带宽,袖梢儿揾着牙儿苫也,则待你忍耐温存一晌眠。(旦作羞)(生前抱)(旦推介)(合)是那处曾相见,相看俨然,早难道这好处相逢无一言?(生强抱旦下)(末扮花神束发冠,红衣插花上)"催花御史惜花天,检点春工又一年。蘸客伤心红雨下,勾人悬梦彩云边。"吾乃掌管南安府后花园花神是也。因杜知府小姐丽娘,与柳梦梅秀才,后日有姻缘之分。杜小姐游春感伤,致使柳秀才入梦。咱花神专掌惜玉怜香,竟来保护他,要他云雨十分欢幸也。

【鲍老催】(末)单则是混阳烝变,看他似虫儿般蠢动把风情搊。一般儿娇凝翠绽魂儿颤。这是景上缘,想内成,因中见。呀,淫邪展污了花台殿。咱待拈片落花儿惊醒他。(向鬼门丢花介)他梦酣春透了怎留连?拈花闪碎的红如片。秀才才到的半梦儿;梦毕之时,好送杜小姐仍归香阁。吾神去也。(下)

【山桃红】(生、旦携手上)(生)这一霎天留人便,草藉花眠。小姐可好?(旦低头介)(生)则把云鬟点,红松翠偏。小姐休忘了呵,见了你紧相偎,慢厮连,恨不得肉儿般团成片也,逗的个日下胭脂雨上鲜。(旦)秀才,你可去呵?(合)是那处曾相见,相看俨然,早难道这好处相逢无一言?(生)姐姐,你身子乏了,将息,将息。(送旦依前作睡介)(轻拍旦介)姐姐,俺去了。(作回顾介)姐姐,你可十分将息,我再来瞧你那。"行来春色三分雨,睡去巫山一片云。"(下)(旦作惊醒,低叫介)秀才,秀才,你去了也?(又作痴睡介)(老旦上)"夫婿坐黄堂,娇娃立绣窗。怪他裙衩上,花鸟绣双双。"孩儿,孩儿,你为甚瞌睡在此?(旦作醒,叫秀才介)咳也。(老旦)孩儿怎的来?(旦作惊起介)奶奶到此!(老旦)我儿,何不做些针指,或观玩书史,舒展情怀?因何昼寝于此?(旦)孩儿适花园中闲玩,忽值春暄恼人,故此回房。无可消遣,不觉困倦少息。有失迎接,望母亲恕儿之罪。(老旦)孩儿,这后花园中冷静,少去闲行。(旦)领母亲严命。(老旦)孩儿,学堂看书去。(旦)先生不在,且自消停。(老旦叹介)女孩儿长成,自有许多情态,且自由他。正是:"宛转随儿女,辛勤做老娘。"(下)(旦长叹介)(看老旦下介)哎也,天那,今日杜丽娘有些侥幸也。偶到后花园中,百花开遍,睹景伤情。没兴而回,昼眠香阁。忽见一生,年可弱冠,丰姿俊妍。于园中折得柳丝一枝,笑对奴家说:"姐姐既淹通书史,何不将柳枝题赏一篇?"那时待要应他一声,心中自忖,素昧平生,不知名姓,何得轻与交言。正如此想间,只见那生向前说了几句伤心话儿,将奴搂抱去牡丹亭畔,芍药阑边,共成云雨之欢。两情和合,真个是千般爱惜,万种温存。欢毕之时,又送我睡眠,几声"将息"。正待自送那生出门,忽值母亲来到,唤醒将来。我一身冷汗,乃是南柯一梦。忙身参礼母亲,又被母亲絮了许多闲话。奴家口虽无言答应,心内思想梦中之事,何曾放怀。行坐不宁,自觉如有所失。娘呵,你教我学堂看书去,知他看那一种书消闷也。(作掩泪介)

【绵搭絮】雨香云片,才到梦儿边。无奈高堂,唤醒纱窗睡不便。泼新鲜冷汗粘煎,闪的俺心悠步嚲,意软鬟偏。不争多费尽神情,坐起谁忺?则待去眠。(贴上)"晚妆销粉印,春润费香篝。"小姐,薰了被窝睡罢。

【尾声】(旦)困春心游赏倦,也不索香薰绣被眠。天呵,有心情那梦儿还去不远。

春望逍遥出画堂,张说　　间梅遮柳不胜芳。罗隐
可知刘阮逢人处?许浑　　回首东风一断肠。罗隐

选自人民文学出版社《牡丹亭》

《牡丹亭》的辞藻非常精工优美,比如:"原来姹紫嫣红开遍,似这般都付与断井颓垣。"作者用对比的方式显示出美丽的春光与少女的青春何其相似,而无人欣赏的春光又好比少女深处闺中、无法排遣的青春。

——中国人民大学国学院教授　谷曙光

《牡丹亭》的感人力量,在于它具有强烈地追求个性自由、反对封建礼教的浪漫主义理想。这个理想作为封建体系的对立面而出现。

——学者　徐朔方

CUI ZHI JIU

朗读者

崔之久

他是我国第一代地质地貌科学家，在几十年的科研过程中，他走遍了全国乃至世界的高山大川，很多次与死神狭路相逢。他也是我国最早完成了三极——南极、北极、珠穆朗玛峰探险的科学家。他曾经历过痛失队友的绝望，也曾面临过断指、伤眼的创痛，但是，已经八十五岁的他说："我依然想念冰川。我不怕死，如果死，我想死在冰川。"

这就是北京大学城市与环境学院教授崔之久与冰川难舍难分的一生。他 1933 年生于安徽宣城，1955 年毕业于南京大学地理系，同年被保送到北京大学，成为我国地貌学家王乃樑的研究生。1957 年，一次偶然的机会，二十四岁的他参加登山队攀登贡嘎山。那是一次艰险的登山任务，队友相继牺牲，而他死里逃生。一年后，他将这次"死亡攀登"中的考察成果写成论文，填补了我国现代冰川研究的空白。

雪山之凶险给崔之久带来了极大的震撼，但死亡的威胁并没有阻挡他的脚步。从贡嘎山回来后，他反而将研究方向从黄河改为冰川，开启了六十年与冰川纠结不断的研究生涯。在他看来，如果能"掌握规律"，当时的那些队友就不会牺牲。为了心中的这个信念，崔之久一辈子对冰川冰缘地貌做了大量科考，撰写了二百多篇科学论文和多部专著。直到今天，填满他内心的还是那一片片无垠的冰川。

朗读者 ✿ 访谈

董　卿：1957年6月，咱们国家第一次独立组织了一支登山队，要去攀登海拔七千五百多米的贡嘎山主峰，那可以说也创下了中华人民共和国成立之后登山队的一个纪录。当时怎么会把您选拔进登山队了呢？

崔之久：1957年他们准备自个儿组队登贡嘎山，就给贺龙元帅汇报工作。贺龙元帅问：你们队里有没有搞科学考察的人？组织一些年轻的科学工作者一块儿去，影响会更加深远。所以他们急忙来北大找人，要找搞地质的，搞冰川的，搞气象的。我那时候在地质地理系念地貌研究生。

董　卿：您要去参加登山队时，有没有老师给您一些指导？

崔之久：真正指导我的就是竺可桢副院长。系里面通知我，竺老要我去聊一聊，我有点受宠若惊。他真正告诉了我研究现代冰川的意义。有人形容冰川是大自然的温度计。

董　卿：是的，虽然太平洋的风吹不到青藏高原，但是冰川冰冻圈的变化最终能决定风往哪里吹，所以它的意义是不言而喻的。我找到了一本竺老的日记，在其中一页上发现了崔老的名字，就是"1957年4月8日，星期一。上午雷雨，下午阴"。他写着："晨八点半，至西郊大楼，约北大地理系研究生崔之久谈。我与崔谈了一个小时，并以约翰·亨特所著的《登埃弗勒斯峰》送给了他，勉励他要有坚持精神。"那次谈话给您留下印象最深的是什么？

崔之久：印象最深的其实是老一辈科学家对年轻人的期望。我记得很

清楚,他把那本书拿出来以后,马上在上面题了字:"之久同志,将去贡嘎山。赠此书,以壮其行。"我体会到他不仅仅壮了我的贡嘎山之行,而且可以说壮了我一辈子。我始终记得。(掌声)

董　卿:贡嘎山超过六千米的山峰就有四十多座,它的主峰达到七千五百五十六米。当时贡嘎山登山的死亡率是高于珠峰的。

崔之久:我没敢把这件事告诉我母亲,因为我们家就我和我母亲两个人,父亲已经去世了,我要告诉她,她肯定不愿意我去。

董　卿:我们根据当时的记录绘制了一张路线图。(看图)从北京出发到成都,然后到康定。从康定开始进山……

崔之久:大概走了三天就到了贡嘎寺。我们沿着小贡嘎冰川一直走,到了海拔四千三百米的一号营地。到了之后很不巧,下了三天雪。雪很大,我们很焦虑也很着急。第四天,天晴了。说起来有一点遗憾，我的知识不够，整个队的知识都不够。一般来说，如果下了三天雪，至少要再等一两天才能出去。可是没有人说这事。第四天我们马上出发。雪很深，我们费了很大的劲，爬了一个很陡的坡。现在我回想起来才知道，那是个雪峰锥。我当时也不认识它，就接着往上走。我到现在都记得副队长的一声大叫："雪崩！"

董　卿：您当时看到什么了？

崔之久：雪崩啊。

董　卿：漫天的雪……

崔之久：就下来了。大概每秒三四十米吧，像飞一样，飘啊飘。我的脑子里还闪过了一个念头，就是这下子大概差不多了。

董　卿：我们这儿有一张照片，可以看到当时落下来的时候是……

崔之久：落在了一个冰洞里面。

董　卿：大难不死啊。

崔之久：那个洞挺深的，我听到底下冰融化的水叮咚叮咚地响，还好我们在洞的半截停住了。终于快要出洞了，我就很高兴地叫唤，结果张赫嵩跟我说："老崔，你别高兴，老丁不行了。"老丁就是北大气象的那个人。

董　卿：那个时候也就是二十出头？

崔之久：是。说起来也是很有戏剧性。老丁的未婚妻在雅安，我们去贡嘎山的时候路过雅安，我们北大的三个人就去看他的未婚妻，大家高高兴兴的，多好！等到回来，我跟北大的另一个人老马商量了半天，我们不敢去。

董　卿：你们那次的登山出师不利，后来必须要坚持下去吗？

崔之久：那当然，就跟当兵的一样，死不死的不在我们的考虑之列。

你考虑多了，还去不去啊？都知道有危险，对不对？就一心想完成任务，这是最重要的。（掌声）

董　　卿：1957年崔老从贡嘎山回到北大之后，毅然把专业转到了冰川研究方向。

崔之久：因为我脑子里老有这些人。这么多年我也没有忘记他们。我有一种感觉，总觉得我好像在替他们干什么。（掌声）

董　　卿：1958年您写了一篇论文《贡嘎山现代冰川初步观察》，这篇论文填补了当时我们国家现代冰川科考的空白，所以它也成为《地理学报》五十年来被引用得最多的一篇论文。

崔之久：对，文章的副标题是——纪念为征服贡嘎山而英勇牺牲的战友。

董　　卿：这次贡嘎山的科考改变了您的一生。

崔之久：我喜欢大自然，我一辈子就做了我喜欢的事，我喜欢冰川。（掌声）

董　　卿：所以1959年，科考队再次组织去慕士塔格峰进行考察，您毫不犹豫地报名参加了。

崔之久：那次不顺利，冻伤的人很多。要记录、照相，如果戴着大的鸭绒手套就什么也干不了了，干活的时候必须把手套拿下来。还没有到顶的时候，我的手就全木了，根本没有感觉了。下山以后，我们很快被送到喀什。7月的时候喀什多热啊！整个石膏裹着我的手。我们坐了三天飞机，回到积水潭医院，打开石膏一看，都黑了。

董　　卿：您的右手就这样了，对您来说是不是算一个不小的打击？

崔之久：算一个不小的打击。不过我这个人还挺傻的，手不方便，是不是别干了？改行吧？我想都没想过。事实证明，它也没影

　　　　　响我搞业务。(掌声)

董　　卿：您那段时间在医院休息了多久?

崔之久：半年多。

董　　卿：那时候在医院里想得最多的或干得最多的是什么事儿呢?

崔之久：真的不好说。(笑)那时候对象还没确定下来呢。

董　　卿：(笑)听说恰恰就在那段时间您和夫人确立了恋爱关系?

崔之久：是的呀。

董　　卿：怎么会呢?

崔之久：我老伴说，她很可怜我。(全场笑)

董　　卿：我们欢迎崔老的爱人谢又予老师!崔老，您看见老伴来了也不打个招呼?

谢又予：无所谓。(全场笑)

董　　卿：谢老师是中国科学院地理科学与资源研究所的研究员，和崔老是北大的同学。

谢又予：我进来他就追我了。那个时候他老给我夹个馒头，夹个糖三角，放在我那"二八"自行车上。

董　　卿：您知道是他送的，是吗?

谢又予：当然知道。他家很穷，什么都没有。(全场笑)

董　　卿：1956年到1959年，三年都没追上您；后来躺医院，您倒答应了?

谢又予：我骑着我的大"二八"车去积水潭医院看他。他是什么样子呢?我跟你形容：上头没穿衣服，底下穿了一个竹布病服裤，脚吊着，手也吊着，鼻子上还缺一块……(全场笑)

崔之久：狼狈，狼狈。

谢又予：我那会儿还没有想跟他好。去了医院以后，我就给他洗衣服，代他写家信，那会儿真是同情他。我也不知道他什么出身，反正就合得来了。

董　　卿：最后是谁先表白了呢？

谢又予：那还用说？根本就不用说了。（全场笑）

崔之久：体会就行。（笑）

谢又予：我妈妈和我爸都不同意我们结婚。当时我就一宣布，请了几个朋友，在他们的男生宿舍二十五楼……

董　　卿：就当成新婚的新房了。

谢又予：二十五楼的人得到二十三楼去上厕所。就那么过的。

董　　卿：您二位搞野外科考，常年都不着家吧？

崔之久：我们俩在年轻的时候经常是这样：我头一天回家，她第二天出差；或者她头一天回家，我第二天出差。所以大孩子都是我妈带。我现在想想，都不知道老大是怎么长大的。我真的没印象，好像顾不过来。

谢又予：我的老二在北大幼儿园是出了名的：孩子一直搁在那儿，我们不接的。

董　　卿：我不知道大家注意到没有，不管是崔老还是谢老师，因为长期在野外，甚至在一些极寒地带工作，面部神经会受到一些损伤是吗？（两人点头）所以他们的表情有时候不完全受自己的控制。

谢又予：他是三次面瘫，我那会儿就说，他只要脑袋没丢就没关系；脚指头还缺两个呢。病就病了，好了以后，该干吗干吗。

崔之久：习惯了。

董　　卿：谢老师年轻的时候也爱画画。（拿起一幅画）这幅画是什么时候画的？

谢又予：1961年。那时候我刚好毕业，就要跟他结婚了，我画了珠穆朗玛峰给他。

崔之久：送给我的。

董　卿：所以这也算是你们的结婚礼物。1961年到现在，金婚也过了，您觉得嫁给他对吗？

谢又予：可以。

董　卿：您也说一句吧，娶了谢老师，这辈子……

崔之久：还行。（全场笑）

董　卿：我们掌声送给谢老师，谢谢您！（对崔之久）您今天想为谁朗读呢？

崔之久：为我妈。在我的心目中，我妈妈是挺伟大的。父亲去世以后，我就不想念书了。那时候高中毕业，我就想找工作养家，她坚决不干。她要我必须念书，我才考取了南京大学。

董　卿：她靠什么来供您读书呢？

崔之久：她没什么生活来源，就靠绣花。一整套结婚的东西要绣很长时间，挺赚钱的。

董　卿：（拿起一件绣品）有个导演告诉我，这是您母亲留下来的一件刺绣品。

崔之久：对。这是她留下的唯一一个刺绣纪念品。我现在没有什么可难受的，但是我有难受的时候。什么时候呢？就是我手里面拿着钱，虽然不是很多，有个几千几万的，可我妈妈享受不到了。

董　卿：您要为她读什么呢？

崔之久：读《我的母亲》。

董　卿：因为有她，所以才有您，才有您今天在这里为大家朗读。我觉得在崔老身上有两个对比非常鲜明。一个是冷热，他经常在零下二三十摄氏度的地方工作，可是从来没有熄灭他心中追求科学的炽热。还有一个是长短，对崔老来说，时间有时候很长很长，因为他的研究对象可以以千万年来计算；但有时候又很短很短，短到女儿是怎么长大的他都完全想不起来。今天，他的想念里或许有儿子的一份愧疚，但是他的想念里，更应该有我们的一份尊重。谢谢您！

朗读者 ❧ 读本

我的母亲

老 舍

母亲的娘家是北平德胜门外，土城儿外边，通大钟寺的大路上的一个小村里。村里一共有四五家人家，都姓马。大家都种点不十分肥美的地，但是与我同辈的兄弟们，也有当兵的，作木匠的，作泥水匠的，和当巡察的。他们虽然是农家，却养不起牛马，人手不够的时候，妇女便也须下地作活。

对于姥姥家，我只知道上述的一点。外公外婆是什么样子，我就不知道了，因为他们早已去世。至于更远的族系与家史，就更不晓得了；穷人只能顾眼前的衣食，没有工夫谈论什么过去的光荣；"家谱"这字眼，我在幼年就根本没有听说过。

母亲生在农家，所以勤俭诚实，身体也好。这一点事实却极重要，因为假若我没有这样的一位母亲，我以为我恐怕也就要大大的打个折扣了。

母亲出嫁大概是很早，因为我的大姐现在已是六十多岁的老太婆，而我的大外甥女还长我一岁啊。我有三个哥哥，四个姐姐，但能长大成人的，只有大姐，二姐，三姐，三哥与我。我是"老"儿子。生我的时候，母亲已有四十一岁，大姐二姐已都出了阁。

由大姐与二姐所嫁入的家庭来推断，在我生下之前，我的家里，大概还马马虎虎的过得去。那时候定婚讲究门当户对，而大姐丈是作小官的，二姐丈也开过一间酒馆，他们都是相当体面的人。

可是，我，我给家庭带来了不幸：我生下来，母亲晕过去半夜，才睁眼看见她的老儿子——感谢大姐，把我揣在怀中，致未冻死。

一岁半，我把父亲"克"死了。

兄不到十岁，三姐十二三岁，我才一岁半，全仗母亲独力抚养了。父亲的寡姐跟我们一块儿住，她吸鸦片，她喜摸纸牌，她的脾气极坏。为我们的衣食，母亲要给人家洗衣服，缝补或裁缝衣裳。在我的记忆中，她的手终年是鲜红微肿的。白天，她洗衣服，洗一两大绿瓦盆。她作事永远丝毫也不敷衍，就是屠户们送来的黑如铁的布袜，她也给洗得雪白。晚间，她与三姐抱着一盏油灯，还要缝补衣服，一直到半夜。她终年没有休息，可是在忙碌中她还把院子屋中收拾得清清爽爽。桌椅都是旧的，柜门的铜活久已残缺不全，可是她的手老使破桌面上没有尘土，残破的铜活发着光。院中，父亲遗留下的几盆石榴与夹竹桃，永远会得到应有的浇灌与爱护，年年夏天开许多花。

哥哥似乎没有同我玩耍过。有时候，他去读书；有时候，他去学徒；有时候，他也去卖花生或樱桃之类的小东西。母亲含着泪把他送走，不到两天，又含着泪接他回来。我不明白这都是什么事，而只觉得与他很生疏。与母亲相依为命的是我与三姐。因此，她们作事，我老在后面跟着。她们浇花，我也张罗着取水；她们扫地，我就撮土……从这里，我学得了爱花，爱清洁，守秩序。这些习惯至今还被我保存着。

有客人来，无论手中怎么窘，母亲也要设法弄一点东西去款待。舅父与表哥们往往是自己掏钱买酒肉食，这使她脸上羞得飞红，可是殷勤的给他们温酒作面，又给她一些喜悦。遇上亲友家中有喜丧事，母亲必把大褂洗得干干净净，亲自去贺吊——份礼也许只是两吊小钱。到如今如我的好客的习性，还未全改，尽管生活是这么清苦，因为自幼儿看惯了的事情是不易改掉的。

姑母常闹脾气。她单在鸡蛋里找骨头。她是我家中的阎王。直到我入了中学,她才死去,我可是没有看见母亲反抗过。"没受过婆婆的气,还不受大姑子的吗?命当如此!"母亲在非解释一下不足以平服别人的时候,才这样说。是的,命当如此。母亲活到老,穷到老,辛苦到老,全是命当如此。她最会吃亏。给亲友邻居帮忙,她总跑在前面:她会给婴儿洗三——穷朋友们可以因此少花一笔"请姥姥"钱——她会刮痧,她会给孩子们剃头,她会给少妇们绞脸……凡是她能作的,都有求必应。但是吵嘴打架,永远没有她。她宁吃亏,不逗气。当姑母死去的时候,母亲似乎把一世的委屈都哭了出来,一直哭到坟地。不知道哪里来的一位侄子,声称有承继权,母亲便一声不响,教他搬走那些破桌子烂板凳,而且把姑母养的一只肥母鸡也送给他。

可是,母亲并不软弱。父亲死在庚子闹"拳"的那一年。联军入城,挨家搜索财物鸡鸭,我们被搜两次。母亲拉着哥哥与三姐坐在墙根,等着"鬼子"进门,街门是开着的。"鬼子"进门,一刺刀先把老黄狗刺死,而后入室搜索。他们走后,母亲把破衣箱搬起,才发现了我。假若箱子不空,我早就被压死了。皇上跑了,丈夫死了,鬼子来了,满城是血光火焰,可是母亲不怕,她要在刺刀下,饥荒中,保护着儿女。北平有多少变乱啊,有时候兵变了,街市整条的烧起,火团落在我们院中。有时候内战了,城门紧闭,铺店关门,昼夜响着枪炮。这惊恐,这紧张,再加上一家饮食的筹划,儿女安全的顾虑,岂是一个软弱的老寡妇所能受得起的?可是,在这种时候,母亲的心横起来,她不慌不哭,要从无办法中想出办法来。她的泪会往心中落!这点软而硬的个性,也传给了我。我对一切人与事,都取和平的态度，把吃亏看作当然的。但是，在作人上，我有一定的宗旨与基本的法则，什么事都可将就，而不能超过自己划好的界限。我怕见生人，怕办杂事，怕出头露面；但是到了非我去不可的时候，我便不得不去，正像我的母亲。从私塾到小学，到中学，我经历过起码有廿位教师吧，其中有给我很大影响的，也有毫无影响的，但是我的真正的教师，把性格传给我的，是我的母亲。母亲并不识字，她给我的是生命的教育。

　　当我在小学毕了业的时候，亲友一致的愿意我去学手艺，好帮助母亲。我晓得我应当去找饭吃，以减轻母亲的勤劳困苦。可是，我也愿意升学。我偷偷的考入了师范学校——制服，饭食，书籍，宿处，都由学校供给。只有这样，我才敢对母亲提升学的话。入学，要交十元的保证金。这是一笔巨款！母亲作了半个月的难，把这巨款筹到，而后含泪把我送出门去。她不辞劳苦，只要儿子有出息。当我由师范毕业，而被派为小学校校长，母亲与我都一夜不曾合眼。我只说了句："以后，您可以歇一歇了！"她的回答只有一串串的眼泪。我入学之后，三姐结了婚。母亲对儿女是都一样疼爱的，但是假若她也有点偏爱的话，她应当偏爱三姐，因为自父亲死后，家中一切的事情都是母亲和三姐共同撑持的。三姐是母亲的右手。但是母亲知道这右手必须割去，她不能为自己的便利而耽误了女儿的青春。当花轿来到我们的破门外的时候，母亲的手就和冰一样的凉，脸上没有血色——那是阴历四月，天气很暖。大家都怕她晕过去。可是，她挣扎着，咬着嘴唇，手扶着门框，看花轿徐徐的走去。不久，姑母死了。三姐已出嫁，哥哥不在家，我又住学校，家中只剩母亲自己。她还须自晓至晚的操作，可是终日没人和她说一句话。新年到了，正赶上政府倡用阳历，不许过旧年。除夕，我请了两小时的假。由拥挤不堪的街市回到清炉冷灶的家中。母亲笑了。及至听说我还须回校,她愣住了。半天,她才叹出一口气来。到我该走的时候,她递给我一些花生,"去吧,小子!"街上是那么热闹,我却什么也没看见,泪遮迷了我的眼。今天,泪又遮住了我的眼,又想起当日孤独的过那凄惨的除夕的慈母。可是慈母不会再候盼着我了,她已入了土!

儿女的生命是不依顺着父母所设下的轨道一直前进的,所以老人总免不了伤心。我廿三岁,母亲要我结了婚,我不要。我请来三姐给我说情,老母含泪点了头。我爱母亲,但是我给了她最大的打击。时代使我成为逆子。廿七岁,我上了英国。为了自己,我给六十多岁的老母以第二次打击。在她七十大寿的那一天,我还远在异域。那天,据姐姐们后来告诉我,老太太只喝了两口酒,很早的便睡下。她想念她的幼子,而不便说出来。

七七抗战后,我由济南逃出来。北平又像庚子那年似的被鬼子占据了,可是母亲日夜惦念的幼子却跑西南来。母亲怎样想念我,我可以想象得到,可是我不能回去。每逢接到家信,我总不敢马上拆看,我怕,怕,怕,怕有那不祥的消息。人,即使活到八九十岁,有母亲便可以多少还有点孩子气。失了慈母便像花插在瓶子里,虽然还有色有香,却失去了根。有母亲的人,心里是安定的。我怕,怕,怕家信中带来不好的消息,告诉我已是失了根的花草。

去年一年,我在家信中找不到关于老母的起居情况。我疑虑,害怕。我想象得到,如有不幸,家中念我流亡孤苦,或不忍相告。母亲的生日是在九月,我在八月半写去祝寿的信,算计着会在寿日之前到达。信中嘱咐千万把寿日的详情写来,使我不再疑虑。十二月二十六日,由文化劳军的大会上回来,我接到家信。我不敢拆读。就寝前,我拆开信,母亲已去世一年了!

生命是母亲给我的。我之能长大成人，是母亲的血汗灌养的。我之能成为一个不十分坏的人，是母亲感化的。我的性格，习惯，是母亲传给的。她一世未曾享过一天福，临死还吃的是粗粮。唉！还说什么呢？心痛！心痛！

选自人民文学出版社《老舍散文》

    过去对老舍的关注有四个角度：一是老舍和北京的关系，一是老舍和城市居民的关系，一是老舍和满族的关系，还有老舍的语言。后来我们发现老舍的儿童眼光、心态和趣味，由此形成一个新的老舍观——一个有童心、可爱的北京老头。老舍爱生活、爱小猫小狗、爱花花草草、爱穷人、爱孩子、爱母亲，这种爱是博大无私的，同时是明朗、健康的。

——北京大学教授　钱理群

生命
Life

一说到生命,你会想到什么呢?四季轮回,生死交替,一个你爱他如生命的人,还是我为什么要活着?有这样一句话:"我宁愿做最绚烂的流星,愿它的每一颗都绽放着动人的光辉。"这也是对生命的一种诠释,生命本来就应该充满着光和热。

生命是多么深邃的话题,它包含着人世间一切最极致的体验。生命可以是"能够被毁灭但不能被打败"那般顽强,也可以是"亦余心之所善兮,虽九死其犹未悔"那般博大。生命如果有颜色,会不会看上去就像凡·高的《向日葵》和《星空》?生命如果有态度,会不会听上去就是贝多芬的《田园》和《英雄》?

生命的意义是如此厚重,无论我们怎样全力以赴都不为过。因为我们生而为人,生而为众生。

生 命

Life

走进
朗读亭

Reading Pavilion

  我要朗读《素年锦时》，献给我可爱的女儿，因为下个星期四就是她的生日。时间给予感情珍重的质地，比稀少珍贵的金属更难以挖掘及开采。

朗读者 鲁佳（老师）

  我想把《白鹿原》献给已经过世的陈忠实先生。活着的人不能总是惋惜那断轴的好处，因为再也没有用了，必须换上新的车轴。

朗读者 张贝尔（学生）

  纪念我已经逝世的爸爸。我们怀念你，不仅基于血缘，更为了你的品格。

朗读者 秦世磐（退休干部）

像一颗随风吹送的种子，我想我或许是迷了路。这个世界绝不是，那当初曾经允诺给我的蓝图。

在我十三岁的时候，我的母亲因为林岛综合征（VHL）过世。那一年，我知道自己遗传了这个疾病。我左眼的视力在十八岁那年完全失明。我二十四岁到北京大学哲学系念研究生，二十六岁的暑假，我用了一百天时间骑行三万公里，完成了一次摩托车环游中国的梦想。虽然我对自己的生命际遇经常感觉彷徨，却依然选择走在一条探索的道路上。毕竟生命本身的存在，不就是一件特别美好的事情吗？

朗读者　尤文瀚（北京大学哲学系研究生）

Readers

HUGE

胡歌 朗读者

说起胡歌，有人会想起《仙剑奇侠传》中的李逍遥，踏剑而来，意气风发；有人会想起《琅琊榜》中的梅长苏，身躯羸弱，涅槃重生。胡歌塑造的这两个角色，代表了他人生中完全不同的两个阶段。

2005年，二十三岁的胡歌因主演《仙剑奇侠传》走红，演艺事业如日中天。谁也没有想到，次年8月29日，胡歌竟在沪杭高速嘉兴路段遭遇严重车祸，同行的女助理张冕丧生。胡歌虽幸免于难，但身体遭遇重创，脖子及右眼缝合了一百多针。对演员来说，这几乎是毁灭性的打击，一度令胡歌放弃了演艺事业。他虽在2007年宣布复出，但内心充满彷徨。拍戏时他被要求尽量用刘海遮掩右眼，大部分特写用左脸完成。直到2010年主演电视剧《神话》，胡歌没再刻意掩饰伤疤，直接露出额头。

重生的胡歌于2013年凭话剧《如梦之梦》获得第二届北京丹尼国际舞台表演艺术奖最佳男演员奖；2015年他迎来事业的新高峰，主演的《伪装者》《琅琊榜》《大好时光》好评如潮，屡获电视大奖。如今，那场车祸已经过去了十二年，生死一轮回，胡歌开始重新思考生命的意义。《琅琊榜》中的一句台词仿佛是他本人的心声："我既然活了下来，便不会白白活着。"

朗读者 ❦ 访谈

董　卿：我们上次见面应该是在《如梦之梦》的后台。这是赖声川导演的一部长达八个小时的话剧。

胡　歌：《如梦之梦》这部戏对于我的意义很难用一句话说清楚，"五号病人"让我离演员这个职业更近了一步。

董　卿：赖导说，很多戏剧是在逃避生命，而《如梦之梦》是在直面死亡，因为人这辈子唯一知道一定会发生的事情就是死亡。

胡　歌：是。当我接到这个角色的时候，我也曾经在心里问过自己，是不是因为我的经历，所以赖老师才会找我来扮演这个角色。在生活中我遇到了那次车祸，我和别人有了不一样的经历。

董　卿：你后来问过他这个问题吗？

胡　歌：没有。

董　卿：2006年8月29日发生了那件事。你还愿意去回忆吗？

胡　歌：说实话，我有一个阶段是特别不愿意提及那件事的。因为那次车祸，我的身上背负了很多光环。大家都会说，我勇敢地从车祸中走了出来，还给了我很多溢美之词。在那个阶段，我觉得我不需要老是贴着那些标签。但这几年，为什么连我自己都会再去回忆这件事？因为已经十二年了。我是属狗的，2006年是我的本命年；现在是2018年，正好算是一个小小的轮回吧。我会思考那件事情带给了我什么。

董　卿：《琅琊榜》中有句台词："我既然活了下来，便不会白白活着。"

胡　歌：我一直觉得，我能够留下来，应该是有一些事情要去做，或许有一些特殊的使命要去完成。这十二年里，每当我想起来

的时候，我都会很自责，因为我到现在都没有找到我到底要做什么。很多人会觉得这十二年我过得很好，因为我的事业有了很明显的上升，也挣了更多钱，获得了更多名，可我自己觉得，这些应该不是我活下来的意义。

董　卿：我今天再看十二年前的事，依然会觉得是血淋淋的残酷。车祸之后的几天里，你进行了几次大手术，在你的身上缝了百多针呢。

胡　歌：主要是在脸上。那一刻我没有想过自己还会回来做演员。我第一次在镜子里见到自己手术以后的样子是第二天上午，医生来给我换药，就把我脸上的纱布都拿下来了。我问我身边的人借镜子，他们都说没有。我就找了个借口去洗手间。当时是我父亲陪我进去的，他知道我要去做什么，就在旁边看着我。挺……其实挺震撼的，（笑）整个右边的脸比正常的时候大了一倍。我在镜子里看了很长时间，那一刻我并没有觉得很难过。为什么？因为2005年算是我事业突然爆发的一年，其实我心里并没有做好准备要去面对这么多粉丝和媒体。我心里一直挺虚的，所以那一刻我觉得，我终于可以休息了。

董　卿：但是你没有能够休息，你很快又回到了片场。

胡　歌：是因为大家等了我将近一年的时间，这是我的一份责任，我必须要把《射雕英雄传》这部作品完成；还有一点，可能当时我还想试一试吧。可是这个过程其实挺煎熬的，我要重新面对镜头，这是我特别大的一个负担，尤其是刚刚回剧组复拍的那几个月。我自己也没有勇气面对，拍摄的进度因为我而慢了很多，就又觉得自己给大家添了很多麻烦。

董　卿：慢很多是因为要重新为你布光，是吗？

胡　歌：是的。我每天都能感受到拍广告的待遇，要把光打得特别完美，脸上没有那么多阴影，大部分时候都拍左侧脸。

董　卿：当所有人都在为你的脸依然能看上去完美而努力，但是也很难再做到像以前那么完美的时候，你是什么样的感受呢？

胡　歌：我当时就对自己说，这部戏拍完我就不再拍了。我还记得当导演宣布"胡歌正式杀青"的时候，我就跑了。全剧组的工作人员都在后面追我，我就沿着海滩边一直跑。其实一开始是个挺欢乐的场景，可是跑着跑着，我哭了。所有的委屈、迷茫、无奈、孤独在那一刻完全释放。

董　卿：像这样拍摄时需要通过特殊的光和角度去掩盖一些所谓的缺陷所带来的困惑和痛苦持续了多长时间呢？

胡　歌：一直都有。（笑）

董　卿：直到什么时候你可以很勇敢或者很淡定地面对它？

胡　歌：拍《神话》之前，我的造型非常单一：长长的刘海，右边的脸有些遮挡。我觉得这种造型是在限制我，甚至是对我的羞辱。既然作为一名演员，有什么好遮遮掩掩的。那时候我在生活中跟别人近距离聊天，都会不自觉地把左边的脸对着和我聊天的朋友，我觉得这是一种病态。（笑）当然现在那段日子已经过去了，也成了我成长中的一段经历。

董　卿：你很幸运地在那场飞来横祸中活下来了，但是也有人离开了。我注意到在2016年11月，你有一段文字应该是送给她的："如果（张）冕还在世上，她应该已经为人妻、为人母了吧……可她终究还是离开了。十年后的我是否会是她当年想象的那样呢？我不确定……跌跌撞撞、起起伏伏走到今天，酸甜苦辣都尝遍了。"对于这件事，你现在能够释怀了吗？

胡　歌：我可能一直都没有办法释怀吧。这位同事是一个特别乐观的女孩，整天都乐呵呵的，给我们带来了很多欢乐。直到这两年，我才能正常地和她的家人交流，以前我都不敢。车祸之后我写了一本书，用那本书挣的钱在云南昭通建了一所学校，以她的名字命名。（掌声）

董　卿：《如梦之梦》中有一个情节：每个要和这个世界告别的人都有机会向别人讲述一个关于自己的故事。如果是你，你会讲一个什么样的故事？

胡　歌：我想讲一个郭靖的故事。郭靖是大智若愚的，他身上最可贵的是他的侠——胸怀天下，奉献自己。我觉得我现阶段比较像令狐冲，想要自由，想要挣脱束缚。希望我有可能从令狐冲变成郭靖。（掌声）

董　卿：你今天想要为我们读一段什么呢？

胡　歌：我今天准备了一段《哈姆莱特》的经典独白，第一句话就已经表达了我的意图："生存还是毁灭，这是一个值得考虑的问题。"

董　卿：你要把这段朗读献给谁呢？

胡　歌：我想献给所有在迷雾中砥砺前行的人们。

● 导演手记

胡　歌：
用生命演绎"生命"

导演　荣毅

1

和胡歌约见是在 2017 年年底，《如梦之梦》周年公演的前夜。

我们在保利剧院后台一路穿行，躲过推着戏服架赶着换场的舞工队，绕开身边闭目做上场前最后准备的演员，一转头从侧台的幕间看到舞台上的故事正进行到亨利伯爵的段落，他的扮演者正是第一季的《朗读者》金士杰——一切有如穿行在时光隧道中。而我们此行的唯一目的，是来赴《朗读者》第二季第一位录制嘉宾的约。

2

胡歌身穿"五号病人"的戏服等在化妆间的角落,这让我们的对话打从一开始就很"如梦之梦"。而这也是一场"如梦"般长达八小时的深度交谈。

我们像往常的采访一样,拿出本子拔开笔帽,听他慢慢讲述自己的故事。

他的坦白和真诚早于所谓的"故事点",给我留下了极深的印象。这是一个本该不再愿意把自己"掏"出来给你看的被采访者,他有太多的理由和能力来技巧性地面对媒体,但他却会在观察到我们下笔不多时主动问道:"我们要不要换个主题词聊聊?"

所以他成了《朗读者》两季以来唯一一位让导演组给出了全部主题词的嘉宾。而他的诚意终于也开始成为我们的困扰。

3

在这次见面前,导演组已消化了几万字的人物资料。"生命"这类主题词,并不在我们的第一批次推荐词之列。

但终于,还是绕了回来。

他反复权衡,若有所思:"十二年了,一个轮回。也许是时候回头看看了……"又忽然歪过头,看着身边的工作人员,抢在他们开口前说:"他们已经把我的摩托车收起来了,求我这一年稳点儿,哈哈哈。"

这是在一篇叫作《逃跑者,胡歌》的文章发表不久之后的见面,所以每聊不久,他总会忽然自我打断:"哎呀,是不是我又聊得太丧了?""主要是担心家人、朋友和关心我的人,他们看到了多少会感到困扰。"

他惯性的恐慌感和对他人强烈的保护欲,换算出的东西叫"怕辜负"。

4

采访结束的时候,已近凌晨三点。老胡亲自将我们送至电梯口,短短几十米距离,不断地说着:"不好意思,害你们到这么晚。""也不知道,你们满意吗?"而他自己,却是一个在天亮后要做一场八小时话剧表演的人。

5

原谅这篇手记里,没有透露更多的采访内容。因为我想,这也许是对他的诚意最大的回馈。

6

这期节目对于很多喜爱他的朋友而言,是一段"产期新鲜的老故事"。但我仍要感谢这次契机,让我和我的团队有机会如此细致地回看当年那桩自以为已经熟知的旧事,发现了一个比他塑造的角色还要珍贵的灵魂。

而那些至憾与至痛,也让我们不得不屡次动容又屡次删减,只记得他面对现场观众自发的掌声,摇摇手合十说:"不值得,不值得……"

7

作为一名导演,早已经习惯了用一个把野心藏得刚刚好的形容词来形容艺人,好为自己的界定留下独有的标签。但形容胡歌,我却只想用

"善良"这个词。

他所有的不得解、不能致,也许皆因于他的敏感与善良;那些写得出却说不出的心事,也都相悖在时间里,等愿者自来。

最后,用老胡自己的话来做完结。

"愿所有的朋友,都有接纳无常人生的勇气,都有感知生命实相的机缘。"

朗读者 ❦ 读本

哈姆莱特（节选）

[英] 威廉·莎士比亚

第一场　城堡中一室

　　国王、王后、波洛涅斯、奥菲利娅、罗森格兰兹及吉尔登斯吞上。

国　　王　你们不能用迂回婉转的方法，探出他为什么这样神魂颠倒，让紊乱而危险的疯狂困扰他的安静的生活吗？

罗森格兰兹　他承认他自己有些神经迷惘，可是绝口不肯说为了什么缘故。

吉尔登斯吞　他也不肯虚心接受我们的探问；当我们想要引导他吐露他自己的一些真相的时候，他总是用假作痴呆的神气故意回避。

王　　后　他对待你们还客气吗？

罗森格兰兹　很有礼貌。

吉尔登斯吞　可是不大自然。

罗森格兰兹　他很吝惜自己的话，可是我们问他话的时候，他回答起来却是毫无拘束。

王　　后　你们有没有劝诱他找些什么消遣？

罗森格兰兹　娘娘，我们来的时候，刚巧有一班戏子也要到这儿来，给我们赶过了；我们把这消息告诉了他，他听了好像很高兴。现在他们已经到了宫里，我想他已经盼咐他们今晚为他演出了。

波洛涅斯　一点不错；他还叫我来请两位陛下同去看看他们演得怎样哩。

国　　王　那好极了；我非常高兴听见他在这方面感到兴趣。请你们两位还要更进一步鼓起他的兴味，把他的心思移转到这种娱乐上面。

罗森格兰兹　是，陛下。（罗森格兰兹、吉尔登斯吞同下。）

国　　王　亲爱的乔特鲁德，你也暂时离开我们；因为我们已经暗中差人去唤哈姆莱特到这儿来，让他和奥菲利娅见见面，就像他们偶然相遇一般。她的父亲跟我两人将要权充一下密探，躲在可以看见他们，却不能被他们看见的地方，注意他们会面的情形，从他的行为上判断他的疯病究竟是不是因为恋爱上的苦闷。

王　　后　我愿意服从您的意旨。奥菲利娅，但愿你的美貌果然是哈姆莱特疯狂的原因；更愿你的美德能够帮助他恢复原状，使你们两人都能安享尊荣。

奥菲利娅　娘娘，但愿如此。（王后下。）

波洛涅斯　奥菲利娅，你在这儿走走。陛下，我们就去躲起来吧。（向奥菲利娅）你拿这本书去读，他看见你这样用功，就不会疑心你为什么一个人在这儿了。人们往往用至诚的外表和虔敬的行动，掩饰一颗魔鬼般的内心，这样的例子是太多了。

国　　王　（旁白）啊，这句话是太真实了！它在我的良心上抽了多么重的一鞭！涂脂抹粉的娼妇的脸，还不及掩藏在虚伪的言辞后面的我的行为更丑恶。难堪的重负啊！

波洛涅斯　我听见他来了；我们退下去吧，陛下。（国王及波洛涅斯下。）

　　　　　　哈姆莱特上。

哈姆莱特　生存还是毁灭，这是一个值得考虑的问题；默然忍受命运的暴虐的毒箭，或是挺身反抗人世的无涯的苦难，通过斗争把它们扫清，这两种行为，哪一种更高贵？死了；睡着了；什么都完了；要是在这一种睡眠之中，我们心头的创痛，以及其他无数血肉之躯所不能避免的打击，都可以从此消失，那正是我们求之不得的结局。死了；睡着了；睡着了也许还会做梦；嗯，阻碍就在这儿：因为当我们摆脱了这一具朽腐的皮囊以后，在那死的睡眠里，究竟将要做些什么梦，那不能不使我们踌躇顾虑。人们甘心久困于患难之中，也就是为了这个缘故；谁愿意忍受人世的鞭挞和讥嘲、压迫者的凌辱、傲慢者的冷眼、被轻蔑的爱情的惨痛、法律的迁延、官吏的横暴和费尽辛勤所换来的小人的鄙视，要是他只要用一柄小小的刀子，就可以清算他自己的一生？谁愿意负着这样的重担，在烦劳的生命的压迫下呻吟流汗，倘不是因为惧怕不可知的死后，惧怕那从来不曾有一个旅人回来过的神秘之国，是它迷惑了我们的意志，使我们宁愿忍受目前的磨折，不敢向我们所不知道的痛苦飞去？这样，重重的顾虑使我们全变成了懦夫，决心的赤热的光彩，被审慎的思维盖上了一层灰色，伟大的事业在这一种考虑之下，也会逆流而退，失去了行动的意义。且慢！美丽的奥菲利娅！——女神，在你的祈祷之中，不要忘记替我忏悔我的罪孽。

奥菲利娅　我的好殿下，您这许多天来贵体安好吗？

哈姆莱特　谢谢你，很好，很好，很好。

奥菲利娅　殿下，我有几件您送给我的纪念品，我早就想把它们还给您；请您现在收回去吧。

哈姆莱特　不，我不要；我从来没有给你什么东西。

奥菲利娅　殿下，我记得很清楚您把它们送给了我，那时候您还向我说了许多甜言蜜语，使这些东西格外显得贵重；现在它们的芳香已经消散，请您拿回去吧，因为在有骨气的人看来，送礼的人要是变了心，礼物虽贵，也会失去了价值。拿去吧，殿下。

哈姆莱特　哈哈！你贞洁吗？

奥菲利娅　殿下！

哈姆莱特　你美丽吗？

奥菲利娅　殿下是什么意思？

哈姆莱特　要是你既贞洁又美丽，那么你的贞洁应该断绝跟你的美丽来往。

奥菲利娅　殿下，难道美丽除了贞洁以外，还有什么更好的伴侣吗？

哈姆莱特　嗯，真的；因为美丽可以使贞洁变成淫荡，贞洁却未必能使美丽受它自己的感化；这句话从前像是怪诞之谈，可是现在时间已经把它证实了。我的确曾经爱过你。

奥菲利娅　真的，殿下，您曾经使我相信您爱我。

哈姆莱特　你当初就不应该相信我，因为美德不能熏陶我们罪恶的本性；我没有爱过你。

奥菲利娅　那么我真是受了骗了。

哈姆莱特　进尼姑庵去吧；为什么你要生一群罪人出来呢？我自己还不算是一个顶坏的人；可是我可以指出我的许多过失，一个人有了那些过失，他的母亲还是不要生下他来的好。我很骄傲，有仇必报，富于野心，我的罪恶是那么多，连我的思想也容纳不下，我的想象也不能给它们形象，甚至于我都没有充分的时间可以把它们实行出来。像我这样的家伙，匍匐于天地之间，有什么用处呢？我们都是些十足的坏人；一个也不要相信我们。进尼姑庵去吧。你的父亲呢？

奥菲利娅　在家里，殿下。

哈姆莱特　把他关起来，让他只好在家里发发傻劲。再会！

奥菲利娅　嗳哟，天哪！救救他！

哈姆莱特　要是你一定要嫁人，我就把这一个咒诅送给你做嫁奁：尽管你像冰一样坚贞，像雪一样纯洁，你还是逃不过谗人的诽谤。进尼姑庵去吧，去；再会！或者要是你必须嫁人的话，就嫁给一个傻瓜吧；因为聪明人都明白你们会叫他们变成怎样的怪物。进尼姑庵去吧，去；越快越好。再会！

奥菲利娅　天上的神明啊，让他清醒过来吧！

哈姆莱特　我也知道你们会怎样涂脂抹粉；上帝给了你们一张脸，你们又替自己另外造了一张。你们烟视媚行，淫声浪气，替上帝造下的生物乱取名字，卖弄你们不懂事的风骚。算了吧，我再也不敢领教了；它已经使我发了狂。我说，我们以后再不要结什么婚了；已经结过婚的，除了一个人以外，都可以让他们活下去；没有结婚的不准再结婚，进尼姑庵去吧，去。（下。）

奥菲利娅　啊，一颗多么高贵的心是这样殒落了！朝臣的眼睛、学者的辩舌、军人的利剑、国家所瞩望的一朵娇花；时流的明镜、人伦的雅范、举世注目的中心，这样无可挽回地殒落了！我是一切妇女中间最伤心而不幸的，我曾经从他音乐一般的盟誓中吮吸芬芳的甘蜜，现在却眼看着他的高贵无上的理智，像一串美妙的银铃失去了谐和的音调，无比的青春美貌，在疯狂中凋谢！啊！我好苦，谁料过去的繁华，变作今朝的泥土！

　　　　　国王及波洛涅斯重上。

国　王　恋爱！他的精神错乱不像是为了恋爱；他说的话虽然有些颠倒，也不像是疯狂。他有些什么心事盘踞在他的灵魂里，我怕它也许会产生危险的结果。为了防止万一，我已经当机立断，决定了一个办法：他必须立刻到英国去，向他们追索延宕未纳的贡物；也许他到海外各国游历一趟以后，时时变换的环境，可以替他排解去这一桩使他神思恍惚的心事。你看怎么样？

波洛涅斯　那很好；可是我相信他的烦闷的根本原因，还是为了恋爱上的失意。啊，奥菲利娅！你不用告诉我们哈姆莱特殿下说些什么话；我们全都听见了。陛下，照您的意思办吧；可是您要是认为可以的话，不妨在戏剧终场以后，让他的母后独自一人跟他在一起，恳求他向她吐露他的心事；她必须很坦白地跟他谈谈，我就找一个所在听他们说些什么。要是她也探听不出他的秘密来，您就叫他到英国去，或者凭着您的高见，把他关禁在一个适当的地方。

国　　王　就这样吧；大人物的疯狂是不能听其自然的。（同下。）

第四场　丹麦原野

福丁布拉斯、一队长及兵士等列队行进上。

福丁布拉斯　队长，你去替我问候丹麦国王，告诉他说福丁布拉斯因为得到他的允许，已经按照约定，率领一支军队通过他的国境，请他派人来带路。你知道我们在什么地方集合。要是丹麦王有什么话要跟我当面说，我也可以入朝晋谒；你就这样对他说吧。

队　　长　是，主将。

福丁布拉斯　慢步前进。（福丁布拉斯及兵士等下。）

哈姆莱特、罗森格兰兹、吉尔登斯吞等同上。

哈姆莱特　官长，这些是什么人的军队？

队　　长　他们都是挪威的军队，先生。

哈姆莱特　请问他们是开到什么地方去的？

队　　长　到波兰的某一部分去。

哈姆莱特　谁是领兵的主将？

队　　长　挪威老王的侄儿福丁布拉斯。

哈姆莱特　他们是要向波兰本土进攻呢,还是去袭击边疆?

队　　长　不瞒您说,我们是要去夺一小块徒有虚名毫无实利的土地。叫我出五块钱去把它租下来,我也不要;要是把它标卖起来,不管是归挪威,还是归波兰,也不会得到更多的好处。

哈姆莱特　啊,那么波兰人一定不会防卫它的了。

队　　长　不,他们早已布防好了。

哈姆莱特　为了这一块荒瘠的土地,牺牲了二千人的生命,二万块的金圆,争执也不会解决。这完全是因为国家富足升平了,晏安的积毒蕴蓄于内,虽然已经到了溃烂的程度,外表上却还一点看不出致死的原因来。谢谢您,官长。

队　　长　上帝和您同在,先生。(下。)

罗森格兰兹　我们去吧,殿下。

哈姆莱特　我就来,你们先走一步。(除哈姆莱特外均下)我所见到、听到的一切,都好像在对我谴责,鞭策我赶快进行我的蹉跎未就的复仇大愿!一个人要是把生活的幸福和目的,只看做吃吃睡睡,他还算是个什么东西?简直不过是一头畜生!上帝造下我们来,使我们能够这样高谈阔论,瞻前顾后,当然要我们利用他所赋与我们的这一种能力和灵明的理智,不让它们白白废掉。现在我明明有理由、有决心、有力量、有方法,可以动手干我所要干的事,可是我还是在大言不惭地说:"这件事需要作。"可是始终不曾在行动上表现出来;我不知道这是因为像鹿豕一般的健忘呢,还是因为三分懦怯一分智慧的过于审慎的顾虑。像大地一样显明的榜样都在鼓励我;瞧这一支勇猛的大军,领队的是一个娇美的少年王子,勃勃的雄心振起了他的精神,使他蔑视不可知的结果,为了区区弹丸大小的一块不毛之地,拼着血肉之躯,去向命运、死亡和危险挑战。真正的伟大不是轻举妄动,而是在荣誉遭遇危险的时候,即使为了一根稻秆之微,也要慷慨力争。可是我的父亲给人惨杀,我的母亲给人污辱,我的理智和感情都被这种不共戴天的大仇所激动,我却因循隐忍,一切听其自然,看着这二万个人为了博取一个空虚的名声,视死如归地走下他们的坟墓里去,目的只是争夺一方还不够给他们作战场或者埋骨之所的土地,相形之下,我将何地自容呢?啊!从这一刻起,让我屏除一切的疑虑妄念,把流血的思想充满在我的脑际!(下。)

(朱生豪 译)

选自人民文学出版社《哈姆莱特》

于世界文学史中,足以笼罩一世,凌越千古,卓然为词坛之宗匠,诗人之冠冕者,其唯希腊之荷马,意大利之但丁,英之莎士比亚,德之歌德乎……然以超脱时空限制一点而论,则莎士比亚之成就,实远在三子之上。盖莎翁笔下之人物,虽多为古代之贵族阶级,然彼所发掘者,实为古今中外贵贱贫富人人所同具之人性。故虽经三百余年以后,不仅其书为全世界文学之士所耽读,其剧本且在各国舞台与银幕上历久搬演而弗衰,盖由其作品中具有永久性与普遍性,故能深入人心如此耳。

——诗人、翻译家 朱生豪

HUANG HONG XIANG

朗读者 黄泓翔

2017年，纪录片《象牙游戏》入围第八十九届奥斯卡最佳纪录片奖候选名单，影片中一个坚持不打马赛克出镜的中国卧底调查员让人肃然起敬：他冒着生命危险，远赴非洲调查象牙非法交易，协助非洲特警逮捕象牙走私犯。他生于1988年，名叫黄泓翔。

当我们每个人在回望自己的生命之路的时候，会发现它是由一个又一个特殊的点连接而成的，考入名校、进入名企、获得高薪，这些可能都是世俗意义上的成功，但是也总有一些人并不满足于此，他们渴望改变世界。黄泓翔就是其中一个。他本科毕业于上海复旦大学新闻学院，研究生就读于美国哥伦比亚大学公共事务管理国际发展专业。毕业之后，他获得了全球顶级咨询公司的工作机会，却毅然转身走向了非洲大草原，选择了一条用自己的生命保护野生动物生命的特殊道路。从2013年起，黄泓翔就开始冒着巨大的危险，以卧底身份调查象牙和犀牛角非法交易，发表了数篇调查报告。

随着黄泓翔的视野不断扩大，他的人生也有了更多可能性。2014年，他在肯尼亚创办了中南屋，致力于帮助中国青年和中国企业走进非洲。截至目前，中南屋已帮助数百名中国青年走进非洲，很多人的人生轨迹因此发生改变。在黄泓翔看来，他最骄傲的事情，绝不是协助警方抓了几个走私犯，而是通过中南屋影响了更多的中国青年。

朗读者 ❦ 访谈

董　卿：你比我想象中略微瘦小一些。

黄泓翔：大家都这么说。

董　卿：你在非洲的野生动物保护中扮演卧底的角色，听上去有点传奇色彩。是什么样的机缘巧合让你有了这样一份很特殊的工作呢？

黄泓翔：2013年我从哥伦比亚大学毕业的时候就特别想去非洲。当时南非正好有一个项目在招募中国记者——在南部非洲做三个月象牙、犀牛角贸易的调查报道。最开始我不是很清楚，也不是特别知道为什么他们要找中国人。

董　卿：就是让你伪装成中国的买家介入调查之中吗？

黄泓翔：是的。

董　卿：我看过一部纪录片《象牙游戏》，记录了你当时参与的一次行动的过程。

（屏幕播放《象牙游戏》视频片段，黄泓翔用英语讲述："'你好，约书亚。你手上有象牙吗？没加工过的最好。'马上要面对罪犯了，你不知道会发生什么。如果他们发现你是调查人员，他们会不会开枪打死你？我当时非常害怕，他们把货带到我的车上给我们看。然后他们被逮捕了。"）

你自己再回过头来看，还有没有一点心有余悸的感觉？

黄泓翔：想想当时还是挺紧张的。这一段应该是2014年在乌干达的一次行动。

董　卿：最后好像逮捕了一个人，是吗？

黄泓翔：是的，他是乌干达比较高层的走私犯，涉嫌很多起大批量的象牙、犀牛角等的走私。他的警惕性非常高，当时我跟他说我是香港的买家。我逐渐取得了他的信任后，就约他去一个地方交货。只有交货的时候，警察才能实行逮捕。

董　　卿：他们有武器吗？

黄泓翔：后来我们发现，那一次他并没有武器，或者说没有使用武器，但是你并不知道在警察出现的那一刻，这个人的身上会有刀还是枪，以及他会做出什么样的反应。而那个时候，你是离他最近的一个人，因此我当时还是挺害怕的。

董　　卿：你带了什么防身的武器吗？

黄泓翔：我调查机构的朋友欧菲亚给了我一瓶辣椒水喷雾。如果他拔枪，而我拿出辣椒水喷雾，应该没什么用处。（全场笑）

董　　卿：当地警方会对你进行一些基础培训吗？

黄泓翔：调查机构的朋友会教我一些技巧，比如见到走私犯的时候，你要在他怀疑你之前先怀疑他：我怎么知道你不是卧底调查的？我怎么知道你不是警察？我为什么要相信你？

董　卿：这不是"无间道"吗？是一种心理战术啊。

黄泓翔：是的，他看到我很紧张之后，他就放松了，开始哈哈大笑说："哥们儿，你不用这么紧张。"我印象很深，直到逮捕发生前，这个人还在安慰我，跟我说"不要紧张，没事的"。

董　卿：就是刚才被逮捕的那个人吗？

黄泓翔：是的。（掌声）

董　卿：在过去五年内有十五万头大象死于盗猎。很多人都会担心，未来有一天我们在非洲大地上会不会看不到非洲象了。

黄泓翔：一头大象的象牙有三分之一都是长在脸部里面的，如果要获得象牙，盗猎者往往的做法是杀掉大象，把它的整个脸削下来。听到"象王"萨陶去世的消息，我和我很多做野生动物保护的朋友真的非常非常伤心。大家可能不太知道，以前有很多非洲象，它们都有像"象王"萨陶那样很长很大的象牙。随着盗猎，大家现在在非洲看到的大象的象牙往往没有这么大，为什么呢？因为象牙越大，象越容易被杀死，像"象王"萨陶这样拥有壮美象牙的大象已经不多了。有多少野生动物保护组织一直都在观测着，一直在尝试着保护它。可在这样的情况下，它还是被盗猎者杀害了。

董　卿：人类对象牙的审美真是太残忍了。作为在陆地上生活最大的哺乳类动物，大象有自己的感情。

黄泓翔：是的。盗猎者袭击象群的时候，有时会针对小象下手。为什么呢？当他对小象下手的时候，大的大象都会把小象包围起来保护它。这样做的结果是，整个象群可能都会被打死。有时候你去看整个象群被杀死后的画面，就会看到它们都是围成一个圈被杀死的。

董　卿：正是因为了解了这些，才更能感受到你这种选择的意义所在。2018年1月1日起，中国政府已经全面禁止象牙买卖了，任何商业用途的象牙加工和销售都是非法的。你在《象牙游戏》中的出现和你的形象改变了其他人对中国人的一些偏见。有一点我很好奇，为什么在这部纪录片中，你的脸部没有做任何处理？为什么不？

黄泓翔：调查组织的朋友介绍我认识了那位导演。他当时就问我能不能参与他的拍摄。我跟他说："如果你要拍，那就不要打马赛克。"我觉得这样的好处是：当外国人看到这部影片，他们会意识到有很多中国人和他们一样，非常热爱野生动物保护；当中国人看到这部影片，他们可能会觉得，卧底调查和野生动物保护也不都是外国人的事情，咱们中国人也可以做这些。

董　卿：你在这些年参与的所有野生动物保护调查或行动中有没有获得过什么奖励？

黄泓翔：没有，我觉得最大的奖励就是不死。（掌声）这部影片出来之后，很多人都会问我为什么要放弃华尔街的工作、牺牲高薪的生活。我觉得，人的生命可能能达到三种层次：第一层，他能解决自己的温饱问题；第二层，他觉得自己做的事情有意思、有趣；第三层，他觉得自己做的事情有意义。这就是为什么我经常跟别人说，我从来没有觉得自己在牺牲或付出，因为按照我自己的标准，我的人生挺好的。（掌声）

董　卿：你之前所做的一切引起了很多人的关注,包括珍·古道尔。作为国际上最知名的黑猩猩的专家、人类学家,她也为你点赞,她说你是她看到过的最勇敢的中国英雄。

黄泓翔：珍·古道尔是我从小就知道并且很向往的英雄,我也从来没有想到有一天我真的会见到她,真的会站在她的面前。

董　卿：今天黄泓翔的朗读也很特别。

黄泓翔：我会为大家读蕾切尔·卡森的《寂静的春天》,谨以此篇献给已经消失的生命、我们永远的朋友——萨陶。

董　卿：最重要的是,你要邀请珍·古道尔和你一起朗读。

黄泓翔：是的。

董　卿：也希望你们俩今天的朗读能够给人和自然的关系带来更多的思考。

寂静的春天（节选）

[美] 蕾切尔·卡森

一　明天的寓言

从前，在美国中部有一个城镇，这里的一切生物看来与周围环境相处得很和谐。这个城镇坐落在像棋盘般整齐排列的欣欣向荣的农场中央，庄稼地遍布，小山下果园成林。春天，繁花像白色的云朵点缀在绿色的原野上；秋天，透过松林的屏风，橡树、枫树和白桦闪射出火焰般的彩色光辉，狐狸在小山上吠鸣，鹿群静悄悄穿过笼罩着秋天晨雾的原野。

沿着小路生长的月桂树、荚蒾和赤杨树，以及巨大的羊齿植物和野花，在一年的大部分时间里都使旅行者目悦神怡。即使在冬天，道路两旁也是美丽的地方，那儿有无数小鸟飞来，在雪层上露出的浆果和干草的穗头上啄食。郊外事实上正以其鸟类的丰富多彩而驰名，当迁徙的候鸟在整个春天和秋天蜂拥而至的时候，人们都长途跋涉来这里观鸟。也有些人来小溪边捕鱼，这些洁净又清凉的小溪从山中流出，形成了绿荫掩映的生活着鳟鱼的池塘。野外一直是这个样子，直到许多年前的一天，第一批居民来到这儿建房、挖井和筑仓，情况才发生了变化。

从那时起，一个奇怪的阴影遮盖了这个地区，一切都开始变化。一些不祥的预兆降临到村落里：神秘莫测的疾病袭击了成群的小鸡，牛羊病倒和死去。到处是死亡的阴影,农夫述说着他们家人的疾病,城里的医生也愈来愈为他们病人中出现的新的疾病感到困惑。不仅在成人中,而且在孩子中也出现了一些突然的、不可解释的死亡现象,这些孩子在玩耍时突然倒下,并在几小时内死去。

一种奇怪的寂静笼罩了这个地方。比如,鸟儿都到哪儿去了呢?许多人谈论着鸟儿,感到迷惑和不安。园后鸟儿寻食的地方冷落了。在一些地方仅能见到的几只鸟儿也气息奄奄,战栗得很厉害,飞不起来。这是一个没有声息的春天。这儿的清晨曾经荡漾着乌鸦、鸫鸟、鸽子、樫鸟、鹪鹩的合唱,以及其他鸟鸣的音浪;而现在一切声音都没有了,只有一片寂静覆盖着田野、树林和沼泽。

农场里的母鸡在孵窝,却没有小鸡破壳而出。农夫抱怨着他们无法再养猪了——新生的猪仔很小,小猪病后也只能活几天。苹果树开花了,但花丛中没有蜜蜂嗡嗡飞来,所以苹果花没有得到授粉,也不会有果实。

曾经一度是多么吸引人的小路两旁,现在却仿佛是火灾浩劫后残余的焦枯的植物。被生命抛弃了的地方只有一片寂静,甚至小溪也失去了生命;钓鱼的人不再来访,因为所有的鱼已经死亡。

在屋檐下的雨水管中,在房顶的瓦片之间,一种白色的粉粒还露出稍许斑痕。在几星期之前,这些白色粉粒像雪花一样,降落到屋顶、草坪、田地和小河上。

不是魔法,也不是敌人的活动使这个受损害的世界的生命无法复生,而是人们自己使自己受害。

上述的这个城镇是虚设的,但在美国和世界其他地方都可以很容易地找到上千个这种城镇的翻版。我知道并没有一个村庄经受过如我所描述的全部灾祸;但其中每一种灾难实际上已在某些地方发生,并且确实有许多村庄已经蒙受了大量的不幸。一个狰狞的幽灵几乎在不知不觉中向我们袭来,这个想象中的悲剧可能会很容易地变成一个我们大家都将知道的活生生的现实。

是什么东西使得美国无数城镇的春天之声沉寂下来了呢?这本书想尝试着给予解答。

二 忍受的义务

地球上生命的历史其实是生物及其周围环境互动的历史。从很大程度上来说,地球上植物和有生命的动物的物理形态和生存习性也是由环境塑造而成的。对于地球形成的整个生命时间范围而言,生命体能够改变环境的能力相对而言一直是较小的。仅仅在人类这种新的生命物种出现之后,生命体才掌握了能够改变周围自然环境的重要能力。

在过去的二十五年中,这种能力还没有提高到令人不安的量级,但是它已能导致一定程度的变化。最令人震惊的人类对于环境的侵袭行为使空气、大地、河流以及大海遭受了污染,它们甚至遭受了危险乃至致命物质的污染。这种污染在很大程度上是无法逆转的,由这种污染引发的一系列罪恶结果不仅进入了维系着各种生命的世界,同样也进入了生物组织内部。而且它们都是不可修复的。在目前这种普遍的环境污染下,化学物品是有毒害作用的,人们甚至难以认识到它们的危害几乎可以和放射性物质的危害平起平坐。核爆炸中释放出来的锶90进入空气中,随着雨水和粉尘降落到地面上,扎根在土壤里,进入生长在那儿的草地、谷子、玉米、小麦里,并进入到人们的骨头里,一直留在那里,直到人们死亡。同样的,那些散在农田、森林或花园里的化学物品也会长久地存在于土壤中，进入生命有机体里，它们在中毒和死亡的链子上游走着。它们也会在地下水中神秘的转移，直到再次出现，这时它们在阳光和水的作用下已经形成了新的物质，这些新物质可以杀死植物，让牲口生病，使那些曾经饮用纯净的井水的人受到未知的伤害。就像阿伯特·施韦策所说的："人们很难认出自己创造的魔鬼。"

……

一七　另一条道路

现在，我们正站在两条道路的交叉口上。这两条道路完全不一样，更与人们所熟悉的罗伯特·弗罗斯特诗中的道路迥然不同。我们长期以来一直行驶的这条道路使人容易错认为是一条舒适的、平坦的超级公路，我们能在上面高速前进。实际上，在这条路的终点却有灾难等待着。这条路的另一条岔路——一条"人迹罕至"的岔路——为我们提供了最后唯一的机会让我们保住自己的地球。

……

（吕瑞兰　李长生　译）
选自上海译文出版社《寂静的春天》

（本文由黄泓翔用中文、珍·古道尔用英文共同朗读。）

《寂静的春天》堪比里程碑，称其为世界环境保护运动的宣言，毫不为过。这部书剑锋所指，乃人类使用杀虫剂所产生的危害。我们每次对自然下毒，就是对我们自己下毒。我们需要思想的深度转型，从人类中心主义的价值观，转向生态主义的价值观。敬畏自然界的所有生命，不仅仅是人类的生命。

——北京大学世界传记研究中心主任　赵白生

A Y I

阿乙

朗读者

阿乙，"70后"小说家，被认为是近年来中国文坛崛起的十分重要的声音之一。从2008年起，他以几乎每年出版一本小说或随笔的频率，创造了一个写作的高峰。十年间他不仅斩获了国内所有的文学新人奖项，其作品还被翻译成了英语、法语、意大利语、西班牙语等七种语言十余个版本，荣获著名的英国笔会奖，受到欧美文坛的关注。然而，这一切是他用不要命的写作换来的。以命搏文似乎是他的宿命。

阿乙原名艾国柱，毕业于警校。在瑞昌市洪一乡当了一年半民警后，他被调到了瑞昌市公安局工作，后又借调到县委组织部过着闲适的生活。2002年他二十六岁，突然觉得自己可以换一种方式生活。于是他辞职了，来到《郑州晚报》做体育编辑。同时，他开始疯狂地练习写作。当过警察的他，对底层人物有着深刻的理解和把握，他把他们都写入小说中。三十二岁那年，他出版了第一本短篇小说集《灰故事》。就此，阿乙这位来自江西的小镇民警实现了他成为文学奇才的华丽蜕变。

现在，写作已经成了阿乙安身立命的方式。他靠写作挣得一切，也因写作废寝忘食，直至患病。他曾一度生死不明，长篇小说《早上九点叫醒我》的封面上写着"可能是他的最后一部长篇"，但他表示自己"死不悔改"。他仍在玩命写作，用"圣徒式"的写作方式书写他的作家人生。

朗读者 ❋ 访谈

董　卿：2018年你出版了你的第一部长篇《早上九点叫醒我》。听说这个长篇写得很艰难，差点要了命。

阿　乙：是的。我记得2013年3月，我在家写作的时候突然咳血，虽然只有一口，但人吓坏了，我让老婆带我去医院。那时候拍片，高度怀疑是肺癌。

董　卿：你听到这个消息的时候觉得恐慌吗？

阿　乙：非常恐慌。我记得我在医院的走道上，走着走着，突然就蹲下来。那时候看到周围走来走去的人都带着惊愕的神色，像潮水一样退开了。你一个人很可怜地蹲在那儿，就等着死神过来把你擒杀，像练柔道一样地把你按在地上。

董　卿：你当时就是在写这本书吗？

阿　乙：对，这本书还没写到一半我就住院了。这是一个很难查的病，记得我做过肺部的穿刺、胸腔镜、腹腔镜、PET-CT（正电子发射计算机断层显像）。所有理论上的检查项目我全部都做了。要去拿报告单之前，我心想：有百分之五十的机会是活，百分之五十的机会是不活，我就在手心上写了四个字——是又怎样，这样给自己打气，不要被它吓坏了。

董　卿：六个月之后的结论是什么？

阿　乙：我得的是卡斯尔门氏病，也叫CD病，几十万人里才有一例。它是个慢性病，我现在还在接受治疗，有时候还会做化疗。

董　卿：这种罕见的疾病和你之前的写作有关吗？

阿　乙：有关系，正是写作导致了这个病。我记得以前我是一天二十四个小时都围着写作转，甚至有时候做梦，都在梦里和人物发

生对话。开始我还自己烧饭吃,或者去外面吃,后来发展到不愿意出门,我就订餐。之后我觉得连敲门也是对自己的巨大惊扰,我索性买了很多超市的面包,把它们储存在家里,只就着面包和牛奶打发自己,一天只吃两顿。我也抽烟,那时候一天要抽一包半。我还大量地饮茶、喝咖啡,睡眠质量非常差。我有时候觉得睡觉仅仅就是自己闭着眼睛休息。

董　卿：你的焦虑是因为什么?你是觉得自己写不出来?还是写得不够好?

阿　乙：我想写一部让人过目难忘的作品。我性格上特别追求完美,基本上从第一个字到最后一个字都采取强攻的态度。写长篇小说对那些过于认真的作者来说,就像司机开着一辆卡车做黑夜的长途运行,经常会出现绝望或焦虑的情绪。

　　我很小就有写作和出门的梦想。我记得我家就在火车站旁,"京九线"开通的时候,虽然只在我们瑞昌县城停一分钟,但那一分钟就足以影响我。我那时候还在读中学,就感觉自己有一天也会登上这辆火车去远方。

董　卿:靠的就是写作,对吗?

阿　乙:对,写作这个理想在召引我。2002年我二十六岁开始投稿,投到三十二岁,投了八十到一百多个地方,都是没有什么回应的。我出门求职的时候,坐中巴车往东方走,所以都是迎着太阳。当时我的父亲很恼怒,觉得控制不了我。回来的时候,中巴车是朝着夕阳的。天就要黑了,我看到我父亲在笑。晚上回到房间,就会发现我妈妈把我的被子披得厚厚的,还给我煮了很多好吃的。我就蒙头大睡,感觉自己像一只鸡,想展翅飞翔,但是飞到一定的高度以后就被迫掉了下来,又灰溜溜地回到了鸡窝。那时我的父亲还会说:"你看你三十好几了,没房没车不说,那么好的工作不要,在外面混。"当时我就想,只要我的心是靠近写作的,只要时间够久,我一定能写成。即使我写不出来,我通过写作所获得的幸福感也超越一辆车、一个房或只是物质上的东西给我带来的愉悦感。(掌声)

董　卿:我不得不说,创作从某种程度上来讲伤害你的身体。你后来有没有考虑过在身体和写作之间做出选择?

阿　乙:我曾经试图戒掉写作。我住院六个月之后,从2013年10月起,我戒了写作三个月。但是三个月以后,我又抱着瞧瞧看的态度,打开蒙上尘灰的笔记本电脑。当时,手一触摸到键盘,指尖就好像有一种很滚烫的东西传递到大脑,所有为这部小说受的罪全都浮现出来了,非常难受。后来慢慢地,我又死不悔改,开始写了。

董　卿:但是生命总是不轻易地放过你。2017年你进行了一个肾脏

阿　乙：手术，你又一次和死神交手了。

阿　乙：对。卡斯尔门氏病是多中心的，它攻击到肾了，再加上常年进行的激素治疗使治疗效果退化了。那时候我走到一公里左右就喘，后来发展到发高烧。当时我的脑子里有两个自己，一个自己说："如果这个病实在翻不了盘，我们就去卧轨吧。"另外一个说："你这样卧轨，不是给别人造麻烦吗？"后来病情发展到我实在受不了了，我就自己冒险，强行从原来三片激素直接加到二十片。

董　卿：一天服用二十片激素？

阿　乙：对。我要用这些激素换得一些时间，换得一个比较好的状态来完成这个工作。

董　卿：就是为了《早上九点叫醒我》？

阿　乙：对，我非得要把它完美地呈现出来。只有将它完美呈现，我才感觉到人生了无遗憾。

董　卿：你怎么样来看你的生命？你因为写作几乎遇到了死亡，但是你的生命也因为写作可能会跨越死亡。

阿　乙：我认为我的生命或是别人的生命应该一开始就属于死神，它被死神操纵在手里。我们要做的就是用自己的事业或生活，从死神手里把自己的生命夺回来。我们要实现我们的自主权。因此我很感激生命中有写作这件事，它虽然把我推向了一个疾病的苦海，同时也把我拯救出来，拖出了这个苦海，使我今天还健康地坐在你面前。（掌声）

董　卿：有时候死亡可能不是生命的对立面，而是生命的一部分。今天你要为大家读些什么呢？

阿　乙：史铁生先生的《我与地坛》，献给那些在写作道路上引领、支持和帮助我的人。

我与地坛（节选）

史铁生

三

如果以一天中的时间来对应四季，当然春天是早晨，夏天是中午，秋天是黄昏，冬天是夜晚。如果以乐器来对应四季，我想春天应该是小号，夏天是定音鼓，秋天是大提琴，冬天是圆号和长笛。要是以这园子里的声响来对应四季呢？那么，春天是祭坛上空飘浮着的鸽子的哨音，夏天是冗长的蝉歌和杨树叶子哗啦啦地对蝉歌的取笑，秋天是古殿檐头的风铃响，冬天是啄木鸟随意而空旷的啄木声。以园中的景物对应四季，春天是一径时而苍白时而黑润的小路，时而明朗时而阴晦的天上摇荡着串串杨花；夏天是一条条耀眼而灼人的石凳，或阴凉而爬满了青苔的石阶，阶下有果皮，阶上有半张被坐皱的报纸；秋天是一座青铜的大钟，在园子的西北角上曾丢弃着一座很大的铜钟，铜钟与这园子一般年纪，浑身挂满绿锈，文字已不清晰；冬天，是林中空地上几只羽毛蓬松的老麻雀。以心绪对应四季呢？春天是卧病的季节，否则人们不易发觉春天的残忍与渴望；夏天，情人们应该在这个季节里失恋，不然就似乎对不起爱情；秋天是从外面买一棵盆花回家的时候，把花搁在阔别了的家中，并且打开窗户把阳光也放进屋里，慢慢回忆慢慢整理一些发过霉的东西；冬天伴着火炉和书，一遍遍坚定不死的决心，写一些并不发出的信。还可以用艺术形式对应四季，这样春天就是一幅画，夏天是一部长篇小说，秋天是一首短歌或诗，冬天是一群雕塑。以梦呢？以梦对应四季呢？春天是树尖上的呼喊，夏天是呼喊中的细雨，秋天是细雨中的土地，冬天是干净的土地上的一只孤零的烟斗。

因为这园子，我常感恩于自己的命运。

我甚至现在就能清楚地看见，一旦有一天我不得不长久地离开它，我会怎样想念它，我会怎样想念它并且梦见它，我会怎样因为不敢想念它而梦也梦不到它。

七

要是有些事我没说，地坛，你别以为是我忘了，我什么也没忘，但是有些事只适合收藏。不能说，也不能想，却又不能忘。它们不能变成语言，它们无法变成语言，一旦变成语言就不再是它们了。它们是一片朦胧的温馨与寂寥，是一片成熟的希望与绝望，它们的领地只有两处：心与坟墓。比如说邮票，有些是用于寄信的，有些仅仅是为了收藏。

如今我摇着车在这园子里慢慢走，常常有一种感觉，觉得我一个人跑出来已经玩得太久了。有一天我整理我的旧相册，看见一张十几年前我在这园子里照的照片——那个年轻人坐在轮椅上，背后是一棵老柏树，再远处就是那座古祭坛。我便到园子里去找那棵树。我按着照片上的背景找很快就找到了它，按着照片上它枝干的形状找，肯定那就是它。但是它已经死了，而且在它身上缠绕着一条碗口粗的藤萝。有一天我在这园子里碰见一个老太太，她说："哟，你还在这儿哪？"她问我："你母亲还好吗？""您是谁？""你不记得我，我可记得你。有一回你母亲来这儿找你，她问我您看没看见一个摇轮椅的孩子？……"我忽然觉得，我一个人跑到这世界上来玩真是玩得太久了。有一天夜晚，我独自坐在祭坛边的路灯下看书，忽然从那漆黑的祭坛里传出一阵阵唢呐声；四周都是参天古树，方形祭坛占地几百平方米空旷坦荡独对苍天，我看不见那个吹唢呐的人，唯唢呐声在星光寥寥的夜空里低吟高唱，时而悲怆时而欢快，时而缠绵时而苍凉，或许这几个词都不足以形容它，我清清醒醒地听出它响在过去，响在现在，响在未来，回旋飘转亘古不散。

必有一天，我会听见喊我回去。

那时您可以想象一个孩子，他玩累了可他还没玩够呢，心里好些新奇的念头甚至等不及到明天。也可以想象是一个老人，无可质置地走向他的安息地，走得任劳任怨。还可以想象一对热恋中的情人，互相一次次说"我一刻也不想离开你"，又互相一次次说"时间已经不早了"，时间不早了可我一刻也不想离开你，一刻也不想离开你可时间毕竟是不早了。

我说不好我想不想回去。我说不好是想还是不想，还是无所谓。我说不好我是像那个孩子，还是像那个老人，还是像一个热恋中的情人。很可能是这样：我同时是他们三个。我来的时候是个孩子，他有那么多孩子气的念头所以才哭着喊着闹着要来，他一来一见到这个世界便立刻成了不要命的情人，而对一个情人来说，不管多么漫长的时光也是稍纵即逝，那时他便明白，每一步每一步，其实一步步都是走在回去的路上。当牵牛花初开的时节，葬礼的号角就已吹响。

但是太阳，他每时每刻都是夕阳也都是旭日。当他熄灭着走下山去收尽苍凉残照之际，正是他在另一面燃烧着爬上山巅布散烈烈朝辉之时。有一天，我也将沉静着走下山去，扶着我的拐杖。那一天，在某一处山洼里，势必会跑上来一个欢蹦的孩子，抱着他的玩具。

当然，那不是我。

但是，那不是我吗？

宇宙以其不息的欲望将一个歌舞炼为永恒。这欲望有怎样一个人间的姓名，大可忽略不计。

选自人民文学出版社《我与地坛》

史铁生的精神圣战没有民族史的大背景，而是以个体的生命力为路标，孤军深入，默默探测全人类永恒的纯静和辉煌。史铁生的笔下是较少有丑恶相与残酷相的，显示出他出于通透的一种拒绝和一种对人世至宥至慈的宽厚，他是一尊微笑着的菩萨。他发现了磨难正是幸运，虚幻便是实在，他从墙基、石阶、秋树、夕阳中发现了人的生命可以无限，万物其实与我一体。我以为1991年的小说即使只有他的一篇《我与地坛》，也完全可说是丰年。

——作家　韩少功

WANG SHI

朗读者

王石

作为一名公认的传奇人物,他用了二十年的时间,打造了中国商界的领军企业。人到中年,又开始向人生的极限发起挑战,勇往直前,完成了"7+2"的探险模式——这是极限探险的最高境界。而后,他再一次华丽转身,以六十岁的年龄开始游学欧美名校。在他的人生坐标上,年龄的数字仿佛已经失去了意义。他始终步履不停,如同热血少年。他就是著名的企业家、探险家——王石。

1983年,三十二岁的王石决定辞去在广东省外经委的公职,来到深圳学习做生意。他从玉米饲料生意做起,赚到了第一桶金。1984年,他用这笔钱创办了万科前身——深圳现代科教仪器展销中心,开始独立经营企业。1988年,企业更名为"万科",开始涉足房地产业。1991年,万科正式在深圳交易所挂牌上市。1999年,他辞去公司总经理一职。2017年,万科发布公告,六十六岁的王石宣布退休。

从放弃公职到下海经商,从放弃股权到辞任总经理,王石活得可谓潇洒,他一度被调侃为"最不务正业的董事长"。然而正是他,带领万科成了中国最大的专业住宅开发集团。退休后的王石更像一个探险家,他攀登雪山、飞滑翔伞,还准备到戈壁种庄稼。他说:"每个人都是一座山。世上最难攀登的山,其实是自己。"

朗读者 ✤ 访谈

董　卿：我知道您的包里始终有三样东西，一个是书，一个是笔记本，第三样东西却出人意料——一块石头。

王　石：我到某个地方登山探险，都会捡一块当地的石头。今天带来的这块石头是非常特别的，（展示石头）我们这样看，它是一块鹅卵石；但是打开剖面，它是一个三千万年前的海螺。这就证明，喜马拉雅山地区在三千万年前是海底。

董　卿：太神奇了！

王　石：这块石头就是一位探险者——阎庚华在2001年年初送给我的。那年，他说他要登珠峰，5月我们在珠峰大本营相见了。我们先成功登顶了海拔七千五百米的章子峰北峰。后来我们下撤，他还留在那里登珠峰。之后得到消息，阎庚华先生遇难了。所以这块石头对我有特别的意义，背着它就是在山友遇难之后，我们肩负着他们的愿望继续前行。（掌声）

董　卿：2003年您登上了珠峰，那时候您是全中国登上珠峰年纪最大的一位登山运动员。那是您在寻找什么样的意义？

王　石：当时我五十二岁，我想，生命本身有可能是没有意义的，但我们有追求，有比较，有竞争，我们就得赋予它意义。生命真正的意义就在做的过程中体现。

董　卿：您还记得第一次登上珠峰的时候是什么样的状态吗？

王　石：犹如昨天。那时我已经快到大概八千八百米的位置了，还有四十米就可以到顶峰。可以看到顶了，但是没氧气了。总指挥在七千米的位置用步话机说："王总，必须下撤！"向导

看着我,我就指着顶峰说:"到这个时候了,我们上去再说呀!"最后,我走一步就要喘七八口气,走不动了。

董　卿:这四十米您用了多长时间?

王　石:两个小时。到了顶峰,待了十二分钟。(掌声)

　　　　后来下撤的时候,我突然觉得后背怎么暖洋洋的,好像是太阳照着。我扭回头,看到是阴天,刮风下雪的,哪儿来的太阳呢?我再往前走,暖洋洋的感觉好像到了全身,一下子感到美滋滋的,只要坐下,闭上眼睛,就进入了另外一个天堂。因为我受过训练,另一个声音就告诉自己:"只要坐下,你就起不来了。"挣扎了二十分钟之后,那种现象消失了,变成了一种非常艰难的感觉。

董　卿:那是您距离死亡最近的一次吗?

王　石:是。事后我知道了,那是濒临死亡的幻觉。

董　卿：后来您完成了所谓的"7+2"模式，就是攀登七大洲的最高峰，再加上徒步南北极。整个探险过程有没有让您的性格甚至价值观有一些改变？

王　石：当然。2003年我登珠峰，一个在拉萨的朋友说，这儿有一个盲人儿童学校，让我去看一看。我心想，让我去看，不就是让我捐点儿钱吗？我就去了。到了学校之后，一个小孩说："叔叔，你能不能蹲下来？"我一愣，接着就蹲下来了，他从头开始摸我。他要通过他的方法来触摸我。我和我母亲之间都是紧张的、疙疙瘩瘩的关系，生意场上又非常残酷，所以我很少和人有这样的接触。他说："叔叔，你是好人。"这一下就把我原来居高临下的姿态打翻了。原来我是高高在上的，要施舍他；忽然我就发现，人和人之间的关系是多么美好！

董　卿：您没有想到这些事会让自己变得更开阔，更深厚，是吗？

王　石：是这样。（掌声）

董　卿：在完成了"7+2"的探险之后，您又开始攀登一座无形的山峰——您在六十岁的时候开始去哈佛大学留学。

王　石：我选的很多是本科生的课，和比我女儿年龄还小的人在一块儿听课。最大的困难是听不懂，而且作业一般很少在第二天凌晨两点之前完成。这样人就上火了，然后牙肿，接着牙疼。去看医生时他们说不用拔牙。我说："你给我拔。"一个月后牙又肿了起来，本来就睡不着觉，作业做不下去，又去看医生，拔牙。我拔了三颗牙，最后筋疲力尽，心力交瘁。

董　卿：国内对您去哈佛学习也有不同的声音。有些人很钦佩，说这个岁数了，还能去学习；当然也有些人觉得这个岁数了，是作秀吧，能学到什么呢？这些声音您都听到了？

王　石：是，我听到了各种反映，其中一种说，哈佛也有中文班？哈佛也有老年班？（笑）当然没有。这些激发了我的斗志。跟我一起学习的都是一些比我女儿还小的年轻人，学得这么困难，我咬着牙，还是跟着。我应该感到高兴才对！我一下子就找回了信心。第一学期度日如年，第二学期很快就过了，我还感叹一年怎么就过来了？于是我又申请注册第二年的学习。

董　卿：在哈佛两年半的学习结束之后，您立刻去了剑桥大学？

王　石：是啊。我在剑桥一边骑自行车一边想：我也能和达尔文、牛顿、霍金为伍。在古老的建筑中，真的感觉就像在做梦一样。我参加了赛艇俱乐部的训练，包括一个半小时的各种器械训练：杠铃、单杠。有氧无氧的训练我都上。训练完，我推着自行车要离开，可小腿肚子抽筋了，腿一瘸一瘸的，不能使劲。我推着车，突然听到了熟悉的声音，就是……（吹口哨）我想，我怎么在吹口哨？吹《柳堡的故事》里的《九九艳阳天》？我明明拐着脚，但是发现一个小时非常科学的训练把我整个身体的多巴胺、内啡肽都激发出来了。教练说了一句话我特别爱听："只有这样，你才能逆生长！"哇！

董　卿：就是您吹的那曲子还没逆生长，还是半个世纪前的。（全场笑）

王　石：咱们也可以讲，曲子是（唱）"没有什么能够阻挡……"

董　卿：您唱的是哪一首？

王　石：（唱）"你对自由的向往……"你会发现心中真正对自由的渴望，是那盛开的、永不凋零的蓝莲花。（掌声）

董　卿：所以您在回国以后的好些场合都提到，生命即便进入老年，依然可以很美。

王　石：是。我现在更多的是带动大家一块儿做事，我能做的，你也能做，大家一块儿共享改革开放的成果。面对未来，无论是我们这一代的、下一代的和更年轻的人都要问自己，我们能做什么。

董　卿：您今天要为大家读些什么呢？

王　石：塞涅卡是一位著名的历史学家，也是散文家，我要读他的《论幸福生活》的选段。

董　卿：您要把它献给谁呢？

王　石：我想献给2002年在登希夏邦马峰时遇难的北京大学山鹰社五位学子的英灵。

朗读者 ❋ 读本

论幸福生活（节选）

[古罗马] 塞涅卡

好运会降临到普通百姓，甚至天资低下的人头上，但唯有伟人才能战胜带给凡人痛苦的各种灾难和恐惧。人活一辈子，万事如意，不经历任何精神苦闷，确实是一种缺失，对造化仅仅一知半解。你是伟人，但如果命运女神不给你展示才华的机会，我又能凭什么说你是伟人呢？你参加了奥林匹克运动会，但你是唯一的参赛选手，你摘得了桂冠，但并不是胜者；我恭喜你，但不是像祝贺勇者那样，而是像恭喜当上了执政官的人那样恭喜你，因为得到提升的只是你的个人身份。对于一个好人，如果没有更困难的境遇给他展示其精神力量的机会的话，我也可以作如是观："要我说，你很不幸，因为你从来没有不幸过。你活了一辈子，连个对手都没遇到过；谁都不会知道你有什么能耐，连你自己也未必知道。"一个人要想了解自己，不接受考验是不行的。只有通过尝试，人们才能了解自己的本事。所以，有些人倒霉事不找他们，他们反倒是主动地去自找倒霉，目的就是想在自己的才能面临可能被埋没的危险时，为自己寻求一个一显身手的机会。听我说，有时候伟人喜欢逆境，就像勇敢的战士喜欢打仗一样。我曾听说提比略·恺撒①统治时期的角斗士特莱厄姆福斯抱怨表现机会太

---

① 提比略·恺撒，拉丁文全名为 Tiberius Julius Caesar Augustus，公元14年到37年在位，特莱厄姆福斯（Triumphus）是当时的角斗士。

少了:"多好的韶华岁月啊,就这么白白荒废了!"他叹道。

真正的豪杰是渴望危险的,脑子里装着的是自己的目标,而不是将要遭的罪,因为即使要遭罪,那也是荣耀的一部分。战士引以为自豪的是自己所受的伤,津津乐道的是自己有幸抛洒的热血;那些毫发无损地从战场归来的战士也许立下了同样的战功,但往往是挂了彩却捡了条命回来的更受青睐。听我说,天主总是垂青那些给了表现英勇的机会便可望有上佳表现的人,而要有上佳表现,生活中就难免遭受这样那样的困难:暴风骤雨中,方可领略领航员的领航水平;战场厮杀中,方可看出战士的杀敌本领。如果你腰缠万贯,我怎么能知道面对贫穷时你的心理承受力如何呢?如果你一生到老听到的都是喝彩声,如果你甚得人心,一呼百诺,我怎么能知道面对耻辱,面对民怨众恨,你会有多大的勇气呢?如果你满堂儿女个个身强体健,我怎么能知道面对丧子之痛,你会如何平静地去忍受呢?我听见过你安慰别人,可惜的是,你不是在安慰你自己,或者说不是在要你自己别伤心难过,否则我就可以一睹你的大丈夫本色了。我恳求你,不要成天提心吊胆,诚惶诚恐,这些都是不朽的众神用来鞭策我们灵魂的东西;灾祸对于真正的大丈夫来说是机会。我们有理由说,那些因为过多的好运而变得迟钝的人是很可怜的,那些人可以说是在波澜不惊的海面上过着风平浪静的悠闲生活,遇上屁大一点儿事情就会顿感不适。面对命运女神的残酷,没有经历过风雨的人往往更难吃得消;脖子嫩,才会越觉得枷锁沉;新兵蛋子一想到受伤就会大惊失色,而老兵则可以以大无畏的气概去看自己身上流出的血,因为他知道鲜血往往是胜利所要付出的代价。所以,只有博得天主认可和欢心的人,才能赢得天主对他们的严厉、考验和训导。而那些看似受他垂青和宽容的人,他是让他们保持软弱,经不起行将降临的灾祸。如果你以为有人得到了豁免，可以无病无灾，那你就错了；快乐日子过久了的人也终有他受苦受难的那一天的，那些貌似得到了上天眷顾，可以免遭灾祸的人，其实只是可以暂时缓一缓而已。

　　天主为什么会用病痛、悲伤和其他灾祸来折磨最优秀的人呢？原因很简单，与部队中往往是派最勇敢的战士去执行危险任务是一个道理。将军派去夜袭敌营、侦察路线、攻城拔寨的都是兵中精锐。出征时谁也不会说"将军这是在跟我过不去"，反而会说"这说明将军看得起我"。受命去经受令懦弱无能之辈只能哭鼻子掉眼泪的各种考验的人也该这么说才是："天主圣明，信任我辈，觉得堪当其仪器，去测定人类受苦受难的能力。"

　　远离奢华享受，远离顺境吧，这些东西会让人虚弱不堪，头脑糊涂，除非出了什么事情，令他们幡然醒悟，想起了自己还是人类的一分子，否则可以说，他们就会终日醉生梦死，虚度光阴。如果一个人老是有玻璃窗户替自己遮风挡雨，有定期更换的热乎乎的敷布包着双脚，有地板下面和环四壁循环的热气调节餐厅温度的话，那他只要微风轻轻一吹，也会有不小的危险。尽管什么事情过了头都会有害，但最大的危险还是莫过于好运过了头所带来的危害：它会令你头脑发热，胡思乱想，障蔽双眼，真假莫辨。忍受漫长的不幸，从而赢得美德的帮助，岂不是比享一时之暴福而胀破了肚皮要好吗？饿死的人，会死得和缓一些；而胀死的人，则往往都是暴毙而亡。

　　所以说，对待好人时，众神所遵循的是和老师对待自己的学生一样的原则：越是寄予厚望的，要求就会越高。斯巴达人在大庭广众之下鞭打自己的孩子以测验他们的性格，你肯定不会认为他们是恨自己的孩子吧？他们自己的父亲都鼓励他们要勇敢地挨鞭子，要求他们就算是打得体无完肤、半死不活，也要主动把伤痕累累的背伸过去接着挨打。那么，天主用严酷的遭遇来考验高贵的精神，又有什么好大惊小怪的呢？证明美德从来就没有温和的方式。命运女神用鞭子痛打我们，将我们打得皮开肉绽，我们就忍着吧。因为这并不是残忍，而是竞争，而且我们参与得越多，内心就会越强大。身体上最健壮的部位就是用得最勤的部位。我们必须主动站出来，去接命运女神的招，这样在与她过招的过程中，便可以让她把我们打磨得坚强起来，久而久之，她就会把我们变成和她有一拼的对手，而且险情经历多了就会让我们藐视危险。所以，水手们的身体经大海的冲击而变得强悍，庄稼汉的手结满了老茧，士兵的肌肉劲儿大得可以投掷标枪，运动员的腿矫健敏捷，凡此种种，无一不是练过的部位最为强壮。正是因为忍受过种种不幸，心灵才学会了不把忍受不幸放在眼里；如果你注意到辛劳给那些贫困民族，给那些因为缺衣少食反而愈发强健的民族所带来的巨大好处，你就会明白这样的忍受能给我们带来什么了。想一想罗马文明以外的所有民族，我指的是日耳曼人和多瑙河流域所有跟我们作对的那些游牧部落，他们受到漫漫冬季和阴沉天气的折磨，靠贫瘠的土地勉强维持生计，用茅草和树叶遮风挡雨，在冰封的沼泽上奔波，靠逮野兽聊以糊口。你觉得他们不幸吗？习惯已经让他们返回了自然，对他们来说，根本就没有苦恼，因为这些事情，他们开始做的时候虽是不得已为之，但久而久之就会慢慢地变成一种乐趣。累了，倦了，哪儿都是家，除了这样的家之外，他们别无家，别无安身之所；他们吃的东西只适合打发叫花子，而且必须亲手去挣，气候恶劣吓人，却无衣蔽体。这种你认为惨不忍睹的状态，正是众多部落的生活现状。好人须经受锤炼才能坚强起来，你为什么会觉得不可思议呢？不经历风吹雨打，没有哪棵树能根深蒂固；因为风吹雨打可以让树把大地抓得更紧，将根扎得更牢固。长在洒满阳光的山谷之中的树木是弱不禁风的。因此，为了培养大无畏的勇气，多花些时间去从事一些需要胆量的事情，平心静气去忍受那些对忍受不了的人来说才是坏事，对于好人而言其实是有利的事情。

（覃学岚　译）
选自译林出版社《论幸福生活》

塞涅卡在文学上颇有建树，是悲剧和随笔名家。他逻辑严谨，思维缜密，文笔细腻，旁征博引，妙语如珠，处处闪耀着思想的火花和智慧的光芒。塞涅卡是一位灵魂的医生，他对命运的反复无常和人性的弱点有着深刻的了解，看到世人所追求的那些荣华富贵是多么不可靠，而贫困潦倒、白发人送黑发人、中年丧偶、当众受辱、疾病缠身等各种不幸可能突然降临，所以，他开出药方帮助人们调整好心态、提高内力，把短暂的人生放在有意义的事情上，坦然面对生死，不至于在命运女神的摆布面前不堪一击。

——清华大学教授　覃学岚

ZENG
XIAO
LIAN

朗读者

曾孝濂

美国哲学家梭罗曾经这样表达对自然和生命的看法："我到林中去，因为我希望谨慎地生活，只面对生活的基本事实，看看是否学得到生活要教育我的东西，免得到了临死的时候，才发现我根本就没有生活过。"

年近八十的曾孝濂和梭罗一样，对大自然、对植物充满了爱。他是中国科学院昆明植物研究所的教授级画家，长期从事科技图书插画工作，已发表的插图有两千余幅。从二十世纪五十年代开始，他和全国几百位植物学家、植物科学画家一起，一共用四十五年的时间，编撰出了全世界最大型、种类最丰富的一套巨著——《中国植物志》。全书一共八十卷，一百二十六册，五千万字。曾孝濂在其中绘制的每一张植物画，都是那么准确、鲜活、充满灵性，他因此被称为"中国植物画第一人"。

可以说，曾孝濂既是科学家，又是画家，他毕生都在追求科学和艺术之间的最佳结合点。他的画不仅是艺术品，更是宝贵的科研材料。他爱这些生物，爱与花草神交，与鸟兽对语，自然的生命力给了他无尽的创作灵感。到现在，他已经画了将近六十年，仍然醉心其中，感觉乐趣无穷。

朗读者 ❋ 访谈

董　卿：曾老刚才上台走过一百多册《中国植物志》的时候，我心里真的很感动。

曾孝濂：不仅是感动，还有激动。

董　卿：1950年时中华人民共和国成立还没多久，为什么当时就决定要编撰《中国植物志》呢？

曾孝濂：因为我们国家是一个植物资源非常丰富的泱泱大国。如果没有植物志，那就是不可想象的。世界上所有国家，除了很贫弱的以外，都有自己的植物志，我们老一辈植物学家对此都梦寐以求。1949年以后，我们就开始把出《植物志》列入计划。

董　卿：将近五百名科学家怎么会需要整整四十五年才能完成这部巨著呢？

曾孝濂：我估计还不止四十五年，因为资料的积累可能有八十年，还有许许多多的志愿者采集了上百万标本。我们有三万多种种子植物，要全部整理、入库、编号、建立档案。我认为四十五年完成都是快的。（掌声）

董　卿：（转向观众）我手边就放着一本这么厚的书。大家猜猜里面是什么内容。这么厚一本，仅仅只是目录。（观众惊叹）它只是一个索引，一千一百五十五页。就是刚才曾老说的三万多种植物的索引。

曾孝濂：参加工作的人几乎囊括了全国植物分类家三百多人，还囊括了当时能参与绘画工作的所有插图师一百六十四人。

董　卿：您大概完成了多少植物画？

曾孝濂：它是个集体劳动。九千多个图版，每个图版包含了五种以上植物。我们有一百六十四人，现在可能一半以上已经离开了我们。我应该借这个机会告慰他们：我们共同的劳动被大家记住了，我们的汗水没有白流。这拨人为国家做了一点实实在在的工作。（掌声）我个人只是其中的一丁点儿，包括植物志和其他科研著作，加起来我画了两千多幅。

董　卿：今天我们在舞台上放了几幅曾老的植物画，也是您比较喜欢的几种植物。能给我们介绍一下吗？

曾孝濂：蓝颜色的叫绿绒蒿。

董　卿：它明明是蓝色的，为什么叫绿绒蒿呢？

曾孝濂：绿绒蒿是这一属植物的统称，它们都长在海拔三千到五千米的地方，生长环境非常严酷，土壤非常瘠薄，几乎是长在石缝里。没有到过那个环境的人见不到它，因为这花拿不下来。

一拿下来，它就长不了了。

董　卿：可是它的花看上去却这么娇美。

曾孝濂：你说得太对了。如果我们在缺氧、行动困难时，突然看见雪地里有一株张力四射、心花怒放的花，你的感觉跟在花园里看到花是不一样的。它的花瓣像绸缎一样，在阳光下会反射出一种很奇妙的光芒，像一个幽灵向我们召唤。太神奇了！欧洲人见到了绿绒蒿，给了它非常高的赞誉，认为它是"东方美人"。全世界大概只有四十九种绿绒蒿，我们中国就有三十八种。

董　卿：您说要画出它们的生命，那么怎样才能做到让画充满生命力、充满鲜活的美呢？

曾孝濂：可能我们要花一辈子的精力才能达到这句话。近代植物分类系统学的祖师爷是个瑞典人，叫林奈。他说过，我们人不是大自然的主宰，不是清高的旁观者，也不是只赚不赔的生意人，我们应该是其间的一个分子。我多次深入深山老林，那儿一次次地打动我。我从年轻时就下定决心，要用画笔把我看到的好东西尽可能多地画下来。就这样认准了一条道走到黑，死不悔改。（掌声）

董　卿：您在原生态的森林里长时间画画，会遇到动物袭击吗？

曾孝濂：会。你可能听说过"马家四兄弟"——蚂蚁、蚂蟥、马蜂、马鹿虱子。我有一次采标本，它是一个比较殷实的灌木丛，因为要观察得很细致，所以我采了很多。回来的路上就觉得这儿不对，那儿不对，发现血洇出来了。它咬你的时候你不会疼，等它吃饱了走了，你也不知道，但是血会不断地流。晚上回到驻地，我特别累，就胡乱洗一洗赶紧睡觉。第二天早上醒来发现人不对，好多地方跟被单粘在了一块儿，就看到干血块。数一数，我被咬了四十二口。就是说，那天有四十二只蚂蟥咬了我，这是最多的一次。（掌声）

董　卿：您刚进中国科学院昆明植物研究所的时候没有美术基础，也是一点一点地摸索学习。那个过程难吗？

曾孝濂：难，但是很愉快。我有时候跟我老伴讲，我这一生太单调了，什么都不会做。我是个很怪的人，就读过一个小学，从一年级到六年级没有转过学；读过一个中学，从初一到高三没有转过学；后来到了中国科学院昆明植物研究所，一去就是将近四十年，没有调整过，也没有见异思迁。我有很多东西做不好，但非常愿意做好。我画了一辈子植物画，也是从一而终。单调里蕴含着丰富，我感到非常知足。（掌声）

董　卿：我有时候会想象您在野外工作的场景、聚精会神写生的样子，您会听到什么我们听不到的声音吗？

曾孝濂：有时候会感到窃窃细语，但那不是听的，是用心灵感受的。我有时候会问，花到底是什么？为什么花会有那么大的魅力？实际上花是种子植物渴望生存和繁衍而衍化出来的最狂热、最绚丽、最奇妙的表现形态。其实我们人是自作多情，因为花本意不是为人开的，但是人却能从花那儿得到爱和美的启迪。

董　卿：（翻开本子）这是曾老年轻时候写生的笔记本和速写本中极小的一部分，当我们翻开本子的时候，会觉得您的青春岁月都在这里边了。

曾孝濂：应该是。去年过生日之前，我病了，住院了。在医院里憋着不能画画，我就胡诌了几句，是我内心的实话。我也不怕大

家见笑，我给念念？（掌声）

"信手涂鸦一顽童，机缘巧合入画途。既要坐得冷板凳，也要登得大山头。澄怀味象，感悟生命之真谛，以勤补拙，练就不法之法。随遇而安，尽力而为，平平淡淡，自得其乐。"

谢谢！（掌声）

董　卿：曾老，您今天的朗读是要献给谁呢？

曾孝濂：我想读贾平凹的《落叶》，献给我们的老所长蔡希陶，蔡希陶教授是我们的第一任所长。

董　卿：而且他的理想就是用植物学科理论为人民做一些贡献。我觉得他的科学信念也传给了您，传给了后人。无论是贾平凹先生笔下的落叶，还是曾老笔下的繁花，都让我们感受到了植物生命的美。作为人类，我们的生命有一种力量——审美，那是心灵和精神所进行的创造活动。芸芸众生，只有人类，也唯有人类能够创造、观照一个美的世界，因为人类的生命拥有美的心怀。

落 叶

贾平凹

窗外,有一棵法桐,样子并不大的,春天的日子里,它长满了叶子。枝根的,绿得深,枝梢的,绿得浅;虽然对列相间而生,一片和一片不相同,姿态也各有别。没风的时候,显得很丰满,娇嫩而端庄的模样。一早一晚的斜风里,叶子就活动起来,天幕的衬托下,看得见那叶背上了了的绿的脉络,像无数的彩蝴蝶落在那里,翩翩起舞,又像一位少妇,丰姿绰约的,作一个妩媚的笑。

我常常坐在窗里看它,感到温柔和美好。我甚至十分嫉妒那住在枝间的鸟夫妻,它们停在叶下欢唱,是它们给法桐带来了绿的欢乐呢,还是绿的欢乐使它们产生了歌声的清妙?

法桐的欢乐,一直要延长一个夏天。我总想那鼓满着憧憬的竹子,一定要长大如蒲扇的,但到了深秋,叶子并不再长,反要一片一片落去。法桐就消瘦起来,寒伧起来,变得赤裸裸的,唯有些嶙嶙的骨。而且亦都僵硬,不再柔软婀娜,用手一折,就一节一节地断了下来。

我觉得这很残酷,特意要去树下捡一片落叶,保留起来,以作往昔的回忆。想:可怜的法桐,是谁给了你生命,让你这般长在土地上?既然给了你这一身的绿的欢乐,为什么偏偏又要一片一片收去呢?

来年的春上,法桐又长满了叶子,依然是浅绿的好,深绿的也好。我将历年收留的落叶拿出来,和这新叶比较,叶的轮廓是一样的。喔,叶子,你们认识吗,知道这一片是那一片的代替吗?或许就从一个叶柄眼里长上来，凋落的曾经那么悠悠地欢乐过，欢乐的也将要寂寂地凋落去。

然而，它们并不悲伤，欢乐时须尽欢乐；如此而已，法桐竟一年大出一年，长过了窗台，与屋檐齐平了！

我忽然醒悟了，觉得我往日的哀叹大可不必，而且有十分的幼稚呢。原来法桐的生长，不仅是绿的生命的运动，还是一道哲学的命题在验证：欢乐到来，欢乐又归去，这正是天地间欢乐的内容；世间万物，正是寻求着这个内容，而各自完成着它的存在。

我于是很敬仰起法桐来，祝福于它：它年年凋落旧叶，而以此渴着来年的新生，它才没有停滞，没有老化，而目标在天地空间里长成材了。

1981年8月16日作于静虚村

贾平凹的文章，用细笔触，用轻淡的色彩，连续不断地去描绘现实生活中，人们所习见，而易于忽略的心理和景象。在他的笔下，客观与主观，都是非常自然的，非常平易近人的。而其声响却是动听的，不同凡响的。他的文字，于流畅绚丽之中，略略带有一种山野朴讷的音调，还有轻微的潜在的幽默感。

——作家 孙犁

纪念日

Anniversaries

纪念日
Anniversaries

  纪念日是结绳记事上的一个个绳扣，它纪念着一个生命的诞生和离去，也纪念着一段历史的开始和结束。如果说时间是一条单行道，那么纪念日就是道路两侧最特殊的坐标。它告诉我们怎样从昨天走到了今天。

  "毕竟明天，又是全新的一天"，这是郝思嘉站在一片废墟上渴望重建家园的纪念。"真的猛士，敢于直面惨淡的人生"，这是鲁迅写下的不能忘却的纪念。纪念日是值得被铭记的日子，它会深刻地留在我们个人的脑海里，或者被载入人类发展史册。而无论是一个小小的愿望达成，还是能改变千万人命运的重要时刻，一个纪念日的背后，往往是无数个蓄势待发的日子。

  随着时间的流逝，纪念日可能会被淡忘。但是，它绝不会消失。它向我们招手致意，只是为了告诉我们：记住，可以让日历上最简单的数字变成岁月最厚重的注脚。

走进

朗读亭

Reading

Pavilion

　　大堰河,是我的保姆。/ 她的名字就是生她的村庄的名字。这是我父亲生前最喜欢的一首诗,我把它送给我的父亲。

朗读者　乔湘楠(老师)

　　妈妈说,/ 蒲公英是世界上最美丽的植物。/ 它没有华丽妖娆的外表,/ 却有着无数炙热的种子,/ 向四周慷慨地洒下耀眼的光芒。

朗读者　张敏　王徐薇(学生)

　　我就要毕业了。我想把这首诗送给我亲爱的同学们。对酒当歌,人生几何……青青子衿,悠悠我心,但为君故,沉吟至今。

朗读者　赵烨(苏丹人,留学生)

我们是朗读者马龙、丁宁、樊振东、刘诗雯、朱雨玲、许昕……我们将朗读雨果的《看，乌云将倾盆大雨泼向这棵树》，谨以此篇献给从1988年乒乓球运动正式进入奥运会以来的三十年里，所有为乒乓球运动奉献热血的人们。

看，乌云将倾盆大雨泼向这棵树，它落尽黄叶，备受摧残，充满痛苦；

当你从我经历了这么多痛苦的折磨、变得坚强而与世隔绝的灵魂里消逝，为什么我枯竭的活力又获得生命，为什么我欢欣鼓舞而容光焕发的心灵，突然萌发出凋落在你脚下的一首首诗！

那是因为明朗的月夜紧随漆黑的长夜；那是因为和煦的东风离不开繁枝茂叶；那是因为世界与命运，一切都自有规律；那是因为世间万物都自有永恒的落潮；那是因为苦难之后又看到你的微笑，那是因为春天终于来临，冬天终于过去！

朗读者　中国国家乒乓球队队员

（本期节目于2018年5月26日播出）

Readers

D E N G
Q I N G
M I N G

朗读者

邓清明

从 2003 年至今，神秘的太空留下了十一位中国航天人的身影，他们创造了一个个辉煌的纪念日。在这辉煌的背后，有一个落寞的身影，为了他的飞天梦，等待了二十年，坚守了二十年。这就是邓清明，目前唯一一位没有执行过飞行任务还仍在现役的首批航天员。

邓清明曾是空军战斗机飞行员，1997 年年底被选入航天员的队伍，成为我国载人航天工程实施后第一批十四人航天员中的一员。天空与太空仅一字之差，对人的要求却千差万别。航天员要在四至五年内完成八大类、上百个科目的学习和训练，标准高、要求严，已进入而立之年的邓清明只能全力以赴，"怎么苦就怎么练"，日复一日突破自己的极限。

2003 年，战友杨利伟乘神舟五号升空，首次实现了中华民族千年的飞天梦，邓清明由衷地为他高兴，心中也燃起了更强烈的向往。"神九""神十""神十一"，他曾三次入选载人飞行任务备份梯队，然而始终没有等来他的机会。每次他都完成和主份梯队同样标准的训练任务，却一再以极为微弱的分差落选，与飞天失之交臂。

一个人的一生能够有多少个二十年？邓清明也曾失落彷徨，甚至自责不解，但他没有放弃，撑了下来。如今五十二岁的邓清明说："战友飞，就是我在飞。"他愿做筑梦九天的基石，不求回报，坚守到底。

朗读者 ❀ 访谈

董　卿：2018年1月5日是中国航天员大队成立二十周年纪念日，您还记得二十年前这一天的情景吗？
邓清明：那一天的情景已经像烙印一样印在了我的心坎上。我们航天员中心有一个学术大厅，那一天在大厅的主席台布置了一面很大的国旗，我们十四名航天员站了两排，对着国旗，我举起了我的右手宣誓。我印象最深的是最后一句："英勇无畏，无私奉献，不怕牺牲，甘愿为载人航天事业奋斗终生。"（掌声）我觉得那个时候我的心跳都加快了。宣誓结束后，我们要在一面国旗上签字，签字的时候我的手都是抖动的。
董　卿：从您成为预备航天员到真正有机会去执行飞天任务，已经到了2010年，也就是"神九"的时候。您被选入了强化训练队作为备份。
邓清明：作为一个航天员，备份和主份训练的科目、时间、内容、强度和标准都是一样的，在训练过程中，你必须始终保持非常优秀的成绩和最佳的状态，最后才有机会进入去执行任务的梯队。
董　卿：在得到已经不需要再去执行明天飞天任务的命令之后，一般你们会做什么呢？
邓清明：那时候我一般是按照手册跟天上的战友一起走程序，他做到哪一步就打一个勾。我作为备份，不是从基地回来了，任务就结束了；我的战友安全回来了，才是做备份的结束。
董　卿：那一刻您是不是会想，下一次也许我还有机会？

邓清明：当然，我是这么想的：这种积累为下一次任务打下了基础。

董　卿：当时您一定觉得下一次的机会会很快来临，因为"神九"强化训练梯队的备份也是"神十"的备份，对吗？

邓清明：对的。我觉得又离梦想近了一步，那时候我很高兴。

董　卿：最后这个微弱的分差到底在哪里呢？

邓清明：差距都是微乎其微的，也就是零点几分。这样一个很小的差距，就让你止步于发射塔前，让你与梦想擦肩而过。这一点对于每个航天员来讲都是有点遗憾的。

董　卿：我觉得蛮残酷的，几年的努力就在这零点几分的差距……

邓清明：不是几年，是十几年的努力。

董　卿："神十"的落选会不会让您更难过一些？

邓清明：对的，因为我不知道"神十一"是什么时候。那时候我四十七岁了，年纪已经不小了，正好那年我们航天员大队有五位航天员因为年龄问题停航了。我们给这五名航天员搞了一个非常隆重的停航停训仪式。回到公寓,我去了陈全的房间,因为我和他同是"神九""神十"一个梯队的备份。当时他有一句话让我很感动:作为航天员来讲,不管主份备份,都是航天员的本分。(掌声)他甚至说:"老邓,你现在是我们航天员大队唯一一个没有执行任务、仍然是现役的航天员,你要努力,不要放弃。"

董　卿:您怎么样让自己保持最好的状态,再去迎接"神十一"的选拔呢?

邓清明:我觉得我必须要坚持,我必须要调整自己的心态,及时地归零才行。

董　卿:您的身体没有任何问题吗?

邓清明:有。2013年年底时我参加了一次体检,发现了一个非常细小的结石。这种结石对于普通人来讲是不用管的,但是航天员不行,尤其是在失重状态下,就怕这种结石游离出来影响任务,因此领导就问我做不做手术。我当时斩钉截铁地讲,必须要做。我不能因为这个小石头影响我的梦想。没想到第一次手术还没把它完全取出来,怎么办呢?就在肾脏里埋了一根管子。一根管子带在我身上,让我尿血了一个多月。后来进行了第二次手术,才把石头都取出来了。我的梦想重新又点燃了。

董　卿:当"神十一"执行任务的名单宣布时,依然没有您的名字,您会怎样呢?

邓清明:我记得宣布"明天的任务由景海鹏和陈冬去执行",当时一听到这个话,我的确蒙了一下。整个大厅静得出奇,我感觉很大部分人都把目光集中到我的身上，当时有人就说："邓清明，你也讲两句话吧。"千言万语我讲不出来。我停了一会儿，然后站起来，转过身，海鹏正好坐在我边上，一句话都没有说。我紧紧地抱住他，说了一句："海鹏，祝贺你！"拥抱之后我回头一看，现场的很多人都哭了。

董　卿：我听说每一次您回家的时候，您的爱人总是会带着鲜花来迎接您。

邓清明：这也是一种对我的鼓励，鼓励我要向前看，要高兴，不要一落选就认为是一种失败。我记得从西郊机场回到航天城，我爱人说："等一下回家吃饭吧。"我一打开家门，看到家里所有的灯都打开了，我爱人和我小孩在门口迎接我，说了一句"欢迎英雄回家"。我再也控制不了自己了，立马就冲进卫生间。我觉得对不起她们，而且她们还这么接纳我。我哭了。（掌声）

董　卿：您今年已经五十二岁了，航天员大队在不断地吸纳新生力量，更年轻的航天员也在成长起来，您怎么样还能够和他们竞争呢？

邓清明：对一个老兵来讲，更多的是要坚持，要调整好心态。《道德经》里有一句话叫"飘风不终朝，骤雨不终日"，意思就是多大的风都不可能刮一个早上，多大的雨也不可能下一天。风雨过后肯定是彩虹。（掌声）

董　卿：您今天想要为谁朗读呢？

邓清明：我想为在中国人民解放军航天员大队跟我一起默默奋斗、默默拼搏的所有航天员朗读《望星空》。

董　卿：星空很远，但是梦想很近，就在邓清明这二十年、七千多个日日夜夜的上下求索中，我们再次看到了航天人的精神。邓清明的女儿邓满琪在大学毕业之后也毫不犹豫地选择成为航天人，现在是北京航天飞行控制中心的一名助理工程师。今天满琪也来到了现场，让我们掌声欢迎！

你一直在听爸爸讲过去的故事，有什么感受吗？

邓满琪：感受太深了，因为爸爸的每个故事，我和妈妈都亲身经历了。最深的一个印象是，我上初三那年，神舟六号遨游太空，我从初中楼走出来，正好看见当时在天上的两名航天员的子女接受记者的采访。当时的场面特别壮观，我的心理落差特别大。我情绪很低落地走出了教学楼，正好碰到了我爸爸，他问我怎么了，我就哭了。我爸爸说："下次还有机会，你好好准备你的中考，而我认真备战下一次'神七'任务，让我们共同奋斗。"

董　卿：我听说在"神十一"任务结束之后你给爸爸写了一封信。你愿意为我们读其中一小段吗？

邓满琪：（读信）"我看到你染过的头发里面暗藏的白发，为你在这一岗位默默奋斗的这二十年而心疼。爸爸是我见过最敬业的人，最无私的人。'三十功名尘与土，八千里路云和月'，我们的生活还在继续，你永远是我心目中最伟大的英雄！"（掌声）

董　卿：记得郭小川在他的一首诗里也曾经写过："是战士，决不能放下武器，哪怕一分钟。"

望星空（节选）

郭小川

一

今夜呀,
我站在北京的街头上,
向星空瞭望。
明天哟,
一个紧要任务,
又要放在我的双肩上。
我能退缩吗?
只有迈开阔步,
踏万里重洋;
我能叫嚷困难吗?
只有挺直腰身,
承担千斤重量。
心房呵,
不许你这般激荡! ……
此刻呵,
最该是我沉着镇定的时光。

而星空,
却是异样地安详。
夜深了,
风息了,
雷雨逃往他乡。
云飞了,
雾散了,
月亮躲在远方。
天海平平,
不起浪,
四围静静,
无声响。

但星空是壮丽的,
雄厚而明朗。
穹隆呵,
深又广。
在那神秘的世界里,
好像竖立着层层神秘的殿堂。
大气呵,
浓又香。
在那奇妙的海洋中,
仿佛流荡着奇妙的酒浆。
星星呀,
亮又亮。

在浩大无比的太空里，
点起万古不灭的盏盏灯光。
银河呀，
长又长，
在没有涯际的宇宙中，
架起没有尽头的桥梁。

呵，星空，
只有你，
称得起万寿无疆！
你看过多少次：
冰河解冻，
火山喷浆！
你赏过多少回：
白杨吐绿，
柳絮飞霜！
在那遥远的高处，
在那不可思议的地方，
你观尽人间美景，
饱看世界沧桑。
时间对于你，
跟空间一样——
无穷无尽，
浩浩荡荡。

二

呵,
望星空,
我不免感到惆怅。
说什么:
身宽气盛,
年富力强!
怎比得:
你那根深蒂固,
源远流长!
说什么:
情豪志大,
心高胆壮!
怎比得:
你那阔大胸襟,
无限容量!

我爱人间,
我在人间生长,
但比起你来,
人间还远不辉煌。
走千山,
涉万水,
登不上你的殿堂。

过大海,
越重洋,
饮不到你的酒浆。
千堆火,
万盏灯,
不如一颗小小星光亮。
千条路,
万座桥,
不如银河一节长。

我游历过半个地球,
从东方到西方。
地球的阔大幅员,
引起我的惊奇和赞赏。
可谁能知道:
宇宙里有多少星星,
是地球的姊妹行!
谁曾晓得:
天空中有多少陆地,
能够充作人类的家乡!
远方的星星呵,
你看得见地球吗?
——一片迷茫!
远方的陆地呵,
你感觉到我们的存在吗?

——怎能想象!

生命是珍贵的,
为了赞颂战斗的人生,
我写下成册的诗章;
可是在人生的路途上,
又有多少机缘,
向星空瞭望!
在人生的行程中,
又有多少个夜晚,
见星空如此安详!
在伟大的宇宙的空间,
人生不过是流星般的闪光。
在无限的时间的河流里,
人生仅仅是微小又微小的波浪。
呵,星空,
我不免感到惆怅!
于是我带着惆怅的心情,
走向北京的心脏……

四

当我怀着自豪的感情,
再向星空瞭望,
我的身子,

充溢着非凡的力量。
因为我知道：
在一切最好的传统之上，
我们的队伍已经组成，
犹如浩荡的万里长江。
而我自己呢，
早就全副武装，
在我们的行列里，
充当了一名小小的兵将。

可是呵，
我和我的同志一样，
决不会在红灯绿酒之前，
神魂飘荡。
我们要在地球与星空之间，
修建一条走廊，
把大地上的楼台殿阁，
移往辽阔的天堂。
我们要在无限的高空，
架起一座桥梁，
把人间的山珍海味，
送往迢遥的上苍。

真的，
我和我的同志一样，

决不只是"自扫门前雪",
而是定管"他人瓦上霜"。
我们要把长安街上的灯火,
延伸到远方；
让万里无云的夜空,
出现千千万万个太阳。
我们要把广漠的穹隆,
变成繁华的天安门广场；
让满天星斗,
全成为人类的家乡。

而星空呵,
不要笑我荒唐!
我是诚实的,
从不痴心妄想。
人生虽是暂短的,
但只有人类的双手,
能够为宇宙穿上盛装；
世界呀,
由于人的生存
而有了无穷的希望。
你呵,
还有什么艰难,
使你力不可挡?
请再仔细抬头瞭望吧!

出发于盟邦的新的火箭，

正遨游于辽远的星空之上。

选自人民文学出版社《郭小川诗选》

读郭小川，感觉到他是真正把高尚人格和内在美有机结合的一位诗人。他的诗歌创作既具有大情怀，又有个人的情绪和自我的超越的勇气，重读他的诗歌创作，不但有助于我们重新认识新诗的价值，也会重新思考新诗的发展方向。郭小川是一个生命诗人，他的诗歌的内容是他的生命体验、生命的意义。亲身见证了我们民族与个人的苦难，他的人性与时代天然地吻合。郭小川的诗是个人的生命之诗，是民族的真正史诗。

——诗人　谭旭东

LIU YE

刘烨 朗读者

1998年,在中央戏剧学院读大二的刘烨出演了霍建起导演的《那山那人那狗》,一举成名,当时他还不满二十岁。那时的他自卑、羞涩,不知道未来会发生什么。电影中有一句台词倒是很贴切,是父亲对刘烨饰演的小邮差说:"这条路还长着呢!"

在外人看来,刘烨的演艺之路走得相当顺畅。他是有天赋的演员,少年成名,直上青云,二十三岁就荣获金马奖最佳男主角奖,收获鲜花、掌声无数。回顾过往二十年的演艺生涯,他拍了四十多部电影、二十多部电视剧,金鸡奖、金爵奖都被他收入囊中。不过,在刘烨自己看来,他的人生路也曾走得很艰难。

2004年到2010年,他经历了一场内心的恶战。那些年他遭遇了事业的瓶颈,结束了一段人尽皆知的恋情,又被超负荷的工作压力逼到了崩溃的边缘。他几乎无法正常睡眠,只能靠酒精麻醉自己。那是一段黑暗的时光,幸好遇到了现在的太太安娜,她智慧、平静,带他走出了黑暗。

2018年,刘烨已进入不惑之年,仍然热爱电影,喜欢表演。他家庭美满,子女可爱,在社交网络上异常活跃。他知道处于巅峰是什么样的状态,他也知道名和利可以带来什么样的体验,现阶段的他,只是更享受安全着陆、回到地面的感觉。

朗读者 · 访谈

董　卿：上个月你刚过了自己四十岁的生日，咱们全场补一句"生日快乐"好不好？（全场一起）生日快乐！

刘　烨：（笑）谢谢！

董　卿：四十岁生日那天很特别吗？

刘　烨：那天晚上到家已经八点多了，一打开家门，我太太带着两个孩子……

董　卿：Surprise（惊喜）！

刘　烨：就是（模仿孩子拍手）"爸爸你回来了，爸爸你回来了……"（全场笑，鼓掌）

董　卿：后来你发了一条微博庆祝自己的四十岁生日："但我今天不觉得我有多老，祝我生日快乐吧！"你还发了六张图，里面有两张是小朋友的画，左下角是你小时候的照片，是吗？

刘　烨：是我小时候。

董　卿：你小时候长得跟现在几乎没什么差别。

刘　烨：就都很帅！（全场笑）

董　卿：右下角那儿你是放了三座奖杯吗？

刘　烨：对，左边的是金鸡奖，中间的是金爵奖，右边的是金马奖。

董　卿：二十年前你正好在上大学二年级，拍了第一部电影，那是人生的一个很重要的开始。

刘　烨：1998年，我拍了第一部电影《那山那人那狗》。当时霍建起导演带了一个副导演一起到中央戏剧学院找演员，他们要找在校生。那时候我在打篮球，打着打着就看见两个人，他们

一看就是来找演员的,因为副导演身上穿着那种好多个兜的衣服,我自己就比较留意他们。打球的时候,我做了一些平时不太使的很帅的动作,比如空中转个体啊,投篮后弄一下头发啊……(全场笑)霍导果不其然被我的魅力吸引了。

董　卿：迷住了。(全场笑)拍第一部电影时有没有特别难忘的经历呢?

刘　烨：《那山那人那狗》里面有个主角是狗,导演希望演员平时多跟狗交流,他还说:"刘烨,你得跟狗住在一起。"狗住平房,那儿基本上跟仓库似的,里面摆了个板子。当时是8月的湘西,很热很热,还有特别多蚊子。我躺在板子上面,它趴在板子下面。每天早上起来,我给狗打饭;晚上回来,我带着它到外面转。那段时间其实挺苦的,但对我来说是一个启发:你付出多少,就回报多少。大家看到电影里,我一叫"老二",那狗"噌"就到我身边来;我说"坐",它就坐;我说"老二,

走",它"噌"就走。(掌声)

董　卿:1998年,你因为《那山那人那狗》获得金鸡奖最佳男配角提名,三年后你就拿到了金马奖最佳男主角奖,真的可以说是年少成名。

刘　烨:我完全就蒙了,感觉控制不住自己。所有的媒体开始采访我,还有人举起一条横幅,上面写"欢迎金马'影帝'"……别人把我架起来了,而我自己莫名地感觉有些东西是不对的。各种各样的工作多起来之后,我处于一种饱和状态。

董　卿:一年要拍多少戏?

刘　烨:一年拍九部。(全场惊叹)

董　卿:最狼狈的时候是什么样子的?

刘　烨:最狼狈的时候是三部戏同时拍,感觉身体快到极限了,能看出我的右眼是红的,已经开始肿了,没办法,就只拍左脸。后来颧骨和眉骨之间都肿平了,右眼里的黄水一直往下流,特别恐怖。

董　卿:可能当时你希望让更多的工作量体现自己的价值。但是后来你会发现,它反而可能在某种程度上加重你的焦躁,或者伤害你的健康。

刘　烨:对。演艺圈、名利场让你什么都想抓住,什么都想得到,怕别人忘了你。我开始失眠。2004年,我每天早上五点多起床去拍电影,拍到下午四点赶到剧院,准备晚上七点的演出,演到十点半。刚演完话剧很兴奋,我就躺在床上想,快睡,快睡。如果睡不好,明天白天的电影和晚上的话剧根本撑不下来。当时我感觉窗户里有小风吹我,我就告诉自己快睡。一直躺着,再一看……

董　卿：天亮了？

刘　烨：一宿没睡。第二天就有点崩溃，我想，今晚再睡不好，明天就完蛋了。我记得那一晚我喝了好多酒，结果睡好了；第二天害怕，又喝酒；第三天不喝酒，躺着没睡着，到后半夜只能吃安眠药，后来安眠药的量越来越大，我一到晚上就恐惧。

董　卿：你自己会崩溃到哭吗？

刘　烨：我不敢给我妈打电话，就给朋友打电话，哭着说"我睡不着，我真是太难受了"。

董　卿：那段时间持续了多久呢？

刘　烨：三年半到四年。那时候我既不健谈，也不愿意打开自己。我有段时间被批评得很厉害，就感觉自己走到了一个谷底。

董　卿：那时候最让你觉得难受的批评是什么？

刘　烨：说我不会演戏。我一直引以为豪的还是我自己的演技和我对演戏的态度。但别人突然把你最骄傲的东西说得一无是处，而且不止一两个人攻击你……就在我处于最低谷的时候，我认识了安娜。

董　卿：你在很多时候说，是现在的太太安娜拯救了你。你用了"拯救"这个词。

刘　烨：我觉得我们不能叫一见钟情，而是命运安排我们在那个时间点相遇。

董　卿：不叫一见钟情，叫命中注定。

刘　烨：我挺信命运的。

董　卿：所以你马上留了她的电话？

刘　烨：没有，我只是很随意地说"咱们留个电话吧"，之后我就故意显得……

董　卿：没马上记下来？

刘　烨：是，但我拼了命地记在脑子里了。（全场笑）

董　卿：你说你万一记错了一个号码怎么办？（全场笑）她怎么拯救了你？

刘　烨：她的性格像阳光一样，永远开心，只要有音乐她永远可以跳起来。我跟她说失眠，她也不太理解。她只是说："刘烨，你不要再接戏了，生活和工作一定要分开。你工作三个月，一定要休息三个月。咱俩用一个月时间从挪威南部开始，慢慢地一个小镇接一个小镇地走。"到了挪威后过了几天，她问我能不能不喝酒，不吃安眠药。我说我睡不着，她说："你睡不着，我陪你，我也不睡。"她就陪着我到天亮。我说："你看，睡不着吧。"她说："没事，今天晚上再睡不着，我再陪你。"手机除了给家里打电话，她也不让我看。晚上十点多了，我一下子就睡着了。第二天早上起来，你知道那种高兴啊……（攥拳庆祝）

董　卿：像获得了重生一样。（掌声）如果现在再来看这三座奖杯，或者说这三个时刻，哪一个对你更有纪念意义？

刘　烨：我觉得是金爵奖。2016年的金爵奖距离我上次得奖太远了，时隔十二年重新又有一个国际A类电影节给我最佳男演员奖，那时候就踏实了：我是会演戏的。（笑）

董　卿：我们说"四十不惑"，现在还有什么困惑你的事情吗？

刘　烨：我想快点变老，这样又会开始有大把时间是我和太太两个人的了。孩子长大了，我们两个人又可以一起去旅行，或者在海边拉着手走一走，或者一起去吃特别好吃的东西，一起看电影。现在比较盼望那个时候。

董　卿：你今天的朗读是要献给你的家人吗？

刘　烨：是。我要读法国作家圣埃克苏佩里的《小王子》。人能保持一颗童心是最重要的。

董　卿：小王子来自外星球，他一直觉得爱是高于一切的。那么爱在哪里呢？最后书给出了一个答案：爱其实就在身边。

刘　烨：对，这是它的意义。我也把这篇朗读送给一直守护着内心里玫瑰的人们。

小王子（节选）

[法] 圣埃克苏佩里

第 21 章

这时候，出现了一只狐狸。

"你好！"狐狸说。

"你好！"小王子彬彬有礼地回答。他转过身，但什么也没看见。

"我在这里。"声音说，"苹果树下……"

"你是谁？"小王子说，"你真漂亮……"

"我是狐狸。"狐狸说。

"来跟我玩吧。"小王子向他提出，"我很伤心……"

"我不能跟你玩，"狐狸说，"我没经过驯养。"

"啊，对不起！"小王子说。

但是，想了一想，他又说：

"什么叫'驯养'？"

"你不是本地人？"狐狸说，"你在找什么？"

"我在找人。"小王子说，"什么叫'驯养'？"

"那些人，"狐狸说，"他们有枪，他们打猎。讨厌极了！他们也养鸡，这使他们还有点儿意思。你在找鸡吗？"

"不，"小王子说，"我在找朋友。什么叫'驯养'？"

"这件事记得的人不多了，"狐狸说，"意思是：'建立感情联系'……"

"建立感情联系?"

"不错,"狐狸说,"你对我不过是一个男孩子,跟成千上万个男孩子毫无两样。我不需要你。你也不需要我。我对你不过是一只狐狸,跟成千上万只狐狸毫无两样。但是,你要是驯养我,咱们俩就会相互需要。你对我是世上唯一的,我对你也是世上唯一的……"

"我开始懂了,"小王子说,"有一朵花……我相信她把我驯养了……"

"这有可能,"狐狸说,"地球上形形色色的事都有……"

"哦,这不是在地球上!"小王子说。

狐狸不胜诧异:

"在另一颗星球?"

"是的。"

"那颗星球有猎人吗?"

"没有。"

"哈,这有意思!鸡呢?"

"没有。"

"天下没有十全十美的事。"狐狸叹口气。

但是狐狸又回到原来的想法:

"我的生活单调枯燥。我追鸡,人追我。所有的鸡都是相像的,所有的人也是相像的。我有点儿厌了。但是,你驯养我,我的生活会充满阳光。我听得出某个脚步声跟别的脚步声不一样。别的脚步声叫我钻入地下,你的脚步声好比音乐,引我走出洞穴。还有,你看!那边的麦田,你看见了吗?我不吃面包。麦子对我是没用的。麦田引不起我的遐想。这很不幸!但是你有金黄色头发。你驯养我后,事情就妙了！麦子，黄澄澄的，会使我想起你。我会喜欢风吹麦田的声音……"

狐狸没说下去，对小王子瞧了好久，又说：

"请你……驯养我吧！"

"我愿意，"小王子回答，"但是我的时间不多。我要找几个朋友，了解许多东西。"

"人只能了解自己驯养的东西，"狐狸说，"现在那些人再也没有时间去了解什么啦。他们要东西，都去商店买现成的。可是哪儿也没有供应朋友的商店。人也就得不到朋友。你要朋友，就请驯养我吧！"

"怎样驯养呢？"小王子说。

"这要非常耐心，"狐狸回答，"你先离我远一点儿，像这样，在草地坐下。我用眼梢瞅你，你一句话也别说。语言是误会的源泉。但是，每天，你可以靠近一些坐……"

第二天，小王子又来了。

"最好在同一时间来，"狐狸说，"比如说，你在下午四点来，一到三点我就开始幸福了。时间愈近，我愈幸福。到了四点钟，我已坐立不安；我发现了幸福的代价，你要是想什么时间来就什么时间来，我就不知道什么时候装扮我这颗心……仪式还是必要的。"

"什么叫'仪式'？"小王子问。

"这件事记得的人也不多了，"狐狸说，"这就是使某一天不同于其他日子，某一钟点不同于其他时间。比如说，猎人也有仪式。他们在星期四跟村里的姑娘跳舞。星期四就成为一个美妙的日子。我一直走到葡萄园。要是猎人任何时间都可能跳舞，日子天天差不多，我就终年没有闲了。"

就这样小王子驯养了狐狸。离别的时刻近了：

"啊！……"狐狸说，"我会哭的。"

"这是你的不是了,"小王子说,"我不想要你难受,但是你要我驯养你……"

"不错。"狐狸说。

"可是你又要哭!"小王子说。

"不错。"狐狸说。

"那又何苦来呢!"

"我不苦,"狐狸说,"有了麦子的颜色。"

接着又说:

"回去看玫瑰花。你会明白,你的那朵花是世上唯一的。你回来再跟我道别,我送你一个秘密作为礼物。"

小王子回去看玫瑰花。对她们说:

"你们跟我的玫瑰花一点儿不像,你们还什么都不是,谁都没有驯养过你们,你们也没有驯养过谁。你们跟我的狐狸以前一个样。那时,他不过是同成千上万只狐狸毫无两样的一只狐狸,但是,我跟他做了朋友,他现在是世上唯一的了。"

玫瑰花听了发怔。

"你们漂亮,但是空的,"他还对她们说,"别人不会为你们去死。当然,我的那朵玫瑰花,一个普通的过路人也会以为她和你们一样。但是,单是她一朵也比你们全体都宝贵,因为我给她浇过水。因为我给她盖过罩子。因为我给她竖过屏风。因为我给她除过毛虫(留下两三条可以羽化成为蝴蝶)。因为我听过她的埋怨,她的吹嘘,有时甚至是她的沉默。因为这是我的玫瑰花。"

他又去找狐狸,说:

"分别了……"

"分别了,"狐狸说,"我的秘密是这样。很简单:用心去看才看得清楚。本质的东西眼睛是看不见的。"

"本质的东西眼睛是看不见的。"为了记住，小王子跟着念。

"你为你的玫瑰花花费了时间，才使你的玫瑰花变得那么重要。"

"你为你的玫瑰花花费了时间，才使你的玫瑰花变得那么重要。"

"这条真理已经被人忘了，"狐狸说，"但是你不应该忘。对你驯养的东西你要永远负责。你必须对你的玫瑰花负责……"

"我对我的玫瑰花负责……"为了记住，小王子跟着念。

(马振骋　译)

选自人民文学出版社《小王子》

《小王子》可谓世界文学史上的一部奇书。它魅力四射，经久不衰，一个重要的原因，就是三重眼光的重叠。第一重眼光，即儿童的眼光；第二重眼光，来自外星人的眼光；还有一重眼光，就是作为叙述者的眼光。这样，批判人性时，我们更乐于接受；反思人性时，我们会更加深远。

——北京大学世界传记研究中心主任　赵白生

PAN
JIAN
WEI

朗读者
潘建伟

在量子物理的世界中,两个粒子无论距离多远,都能感知和影响对方的状态。这种神奇特性应用在保密通信上,就是量子通信。2016年8月16日,世界上首颗量子科学实验卫星"墨子号"在中国酒泉卫星发射中心发射成功,首次实现了卫星和地面的量子通信,这是目前唯一被证明无法被窃听、绝对安全的保密通信手段。

这项科研成果的领军人物就是中国科学院院士、中国科学技术大学副校长、被人们称为中国"量子之父"的物理学家——潘建伟。潘建伟与量子物理的渊源可以追溯到十七岁,那年他考入中国科学技术大学近代物理系,一头扎进了别人认为没有前途的基础物理研究。第一次接触量子理论,他就被其诡谲的特性深深吸引,沉浸其中不可自拔,此后就一直在量子物理的土地上穷极探索。后来,他远赴奥地利读博,又回国做研究,为在中国建立一个世界领先的量子物理实验室而奔波。

多年以来,质疑声不绝于耳。国内的量子信息研究如同一张白纸,潘建伟的研究常被看作"伪科学"。面对舆论压力,潘建伟只有埋头苦干。因为只有做出科研成果,才能反击质疑。最终,他成功了,他带领的团队首次实现八光子薛定谔猫态,首次实现多自由度量子隐形传态——被英国物理学会评为"2015年度十大物理学突破",然而最让潘建伟自豪的,还是那颗"墨子号"卫星。因为它意味着中国领先于世界,率先进入了量子通信领域。正如潘建伟的国际同行所说:"中国能够拥有他,是一种幸运。"

朗读者 ❖ 访谈

董　卿：您的学生都不叫您"潘教授""潘校长""潘院士",他们直接叫"我潘"。我觉得这个称呼很可爱,又亲切又霸气。您喜欢吗?

潘建伟：平时我跟他们没有什么距离,他们有时候私底下会这么叫我。(全场笑)

董　卿：我们今天就聊聊"我们潘"。我们一起来看看潘老师的第一个纪念日吧。(屏幕滚动显示2016年8月16日)这是"墨子号"发射成功的那一天。可能您要跟我们的观众先解释一下,什么是量子。

潘建伟：比如你有一瓶水,把它分成二分之一瓶、三分之一瓶……到最后就变成一个小颗粒了,大家都知道这叫水分子。所谓量子,只不过是微观世界一种最小颗粒的统称。量子通信主要利用了量子叠加,它有点像孙悟空的分身术：孙悟空拿毫毛一吹,就可以同时在好多地方出现,有了量子叠加原理,我可以提供一种原理上不可破解、不可破译的加密手段。(全场惊叹)

董　卿：像您说的密码战历来是人类历史上最残酷的、最高级别的智慧较量,比如在第二次世界大战时对恩尼格玛密码的破译会影响到这场战争的态势。

潘建伟：对,到了和平时代,我们的信息安全也是非常重要的,它不仅涉及国家安全、金融安全,甚至涉及我们每个人每天的生活需要。

董　卿：“墨子号”的成功发射也让中国在全球领域的远距离量子通信中可以占绝对领导地位，这是"我们潘"作为领头人完成的项目。

潘建伟：当时我们对国际上非常有名的一位专家说要做卫星项目，他说，这个事第一做不成，第二，万一有一线希望能做成的话，他已经死了。（笑）当然他现在还活得好好的。当时我们的发射地在酒泉，离敦煌很近。大家说一千年前，中国是全球的中心；现在，如果中国又想站到世界舞台的中央，首先得在科技上上去。所以我们觉得在敦煌附近发射世界上首颗量子卫星也有特殊的意义。（掌声）

董　卿：潘老师的第二个纪念日可能要倒回1987年9月4日。（屏幕滚动显示1987年9月4日）

潘建伟：这是我去中国科学技术大学报到的日子。我当时是非常期待的，因为中国科学技术大学的老校长严济慈正好是我们东阳中学的校友，1986年他回东阳中学见了我们几个学习还不错的学生，希望我们能够到科学的殿堂里学习。

董　卿：为什么您这么确认自己未来要报考的专业是物理专业呢？

潘建伟：因为我记性比较差，所以我的英语、语文、拼音都搞得不太好。

董　卿：等等，英语差一点也就算了，拼音都没搞清楚吗？（笑）

潘建伟：对。因为我是在农村上的小学，所以翘舌和带个"g"的音我都搞不清楚。写拼音对我来说是最折磨人的事情。但是上了初中我发现，没想到还有这么简单的学科，那就是物理。（全场惊叹，鼓掌）

　　有个夏天我躺着看星星，大脑里物理书的所有内容就一页页像放电影一样放出来。所以我觉得，我可能本身对物理比较有特长，或者我有能力去做好它。

董　卿：我知道您在大学时代一直特别喜爱和崇拜爱因斯坦，还把爱因斯坦的照片挂在床头。

潘建伟：是。上大学之后我也有压力，因为当时学理论物理也没有特别好的出路，那是非常大的苦恼。但是我首次读到爱因斯坦的自传小序时，我觉得我选的路是非常正确的。因为他那本书里讲，我们在这个世界上，通过努力让自己肚子填饱是很容易的。但是如果仅仅满足于肚皮填饱而没有其他追求，恐怕不能成为一个独立的人。所以他说，做物理方面的研究，其实是对自己心灵的一种解放。他写得太好了，写出了我自己的心声。

董　卿：在中科大硕士毕业之后，1996年您决定要出国读博士。您还记不记得您的导师安东·塞林格问了您一些什么问题？

潘建伟：他问我将来的打算是什么，我说我希望将来能够在中国建一个像你这里一样的实验室。过了好多年之后他还记得我的话。

董　卿：我们来看一下潘老师的第三个纪念日——2001年3月14日。

（屏幕滚动显示2001年3月14日）

潘建伟：这是非常值得纪念的日子。

董　卿：也就是潘建伟教授量子信息实验室成立的日子。1996年您就说，将来要回国做这样一个实验室。为什么那时候就有这么明确的目标呢？

潘建伟：我记得大使馆组织我们留学生去看纪念"两弹一星"元勋的片子，当时一位老先生叫郭永怀，他因为飞机失事不幸遇难了。后来别人发现他和他的勤务员连尸体都烧焦了还紧紧抱在一起。他是为了什么？原来他是为了保护从基地带回来的数据。我当时泪流满面，别人说"热泪盈眶"，我真是泪流满面。我说，一定要回去，为国家做点事情。（掌声）

中科大的近代物理系是一个非常特殊的系。当时办这个系就是瞄准"两弹一星"。我们的系主任赵忠尧先生在美国的时候看过核武器爆炸，所以刚刚解放的时候，他马上用自己的积蓄买了一些加速器的器件回国。到日本时他被拦下来了，被关在日本好几个月才回到中国。他那辈的科学家唯一的愿望就是让我们的国家在科技上站在世界的前沿。（掌声）

董　卿：您觉得在中国建立一个一流科学实验室的梦想已经实现了吗？

潘建伟：我觉得只能说在短暂的时间里是实现了。因为我们必须得思考，如何能够让一流的实验室一直是一流的。我们特别希望能够通过大概十年的努力，让量子通信走向千家万户，让大

家能够感受到它的用处。我们在拼命地做，努力地做，如果做成，也许可以成为下一个值得纪念的日子。（掌声）

董　卿：您接下来希望朗读一些什么呢？

潘建伟：我希望读《爱因斯坦文集》里的一篇作品——《我的世界观》，因为它对我的影响非常大，我也想把这篇文章送给中国科学技术大学的老校长严济慈教授和我所爱的人们。

我的世界观（节选）*

[美] 阿尔伯特·爱因斯坦

我们这些总有一死的人的命运是多么奇特呀！我们每个人在这个世界上都只做一个短暂的逗留；目的何在，却无所知，尽管有时自以为对此若有所感。但是，不必深思，只要从日常生活中就可以明白：人是为别人而生存的——首先是为那样一些人，他们的喜悦和健康关系着我们自己的全部幸福；然后是为许多我们所不认识的人，他们的命运通过同情的纽带同我们密切结合在一起。我每天上百次地提醒自己：我的精神生活和物质生活都依靠着别人（包括生者和死者）的劳动，我必须尽力以同样的分量来报偿我所领受了的和至今还在领受着的东西。我强烈地向往着俭朴的生活。并且时常为发觉自己占用了同胞的过多劳动而难以忍受。我认为阶级的区分是不合理的，它最后所凭借的是以暴力为根据。我也相信，简单淳朴的生活，无论在身体上还是在精神上，对每个人都是有益的。

我完全不相信人类会有那种在哲学意义上的自由。每一个人的行为，不仅受着外界的强迫，而且还要适应内心的必然。叔本华（Schopenhauer）说："人虽然能够做他所想做的，但不能要他所想

---

* 此文最初发表在 1930 年 10 月出版的《论坛和世纪》(Forum and Century) 83 卷，373—379 页。这里译自《思想和见解》8—11 页和《我的世界观》英译本 237—242 页。

要的。"①这句话从我青年时代起,就对我是一个真正的启示;在我自己和别人生活面临困难的时候,它总是使我们得到安慰,并且永远是宽容的源泉。这种体会可以宽大为怀地减轻那种容易使人气馁的责任感,也可以防止我们过于严肃地对待自己和别人;它还导致一种特别给幽默以应有地位的人生观。

要追究一个人自己或一切生物生存的意义或目的,从客观的观点看来,我总觉得是愚蠢可笑的。可是每个人都有一定的理想,这种理想决定着他的努力和判断的方向。就在这个意义上,我从来不把安逸和享乐看作是生活目的本身——这种伦理基础,我叫它猪栏的理想。照亮我的道路,并且不断地给我新的勇气去愉快地正视生活的理想,是善、美和真。要是没有志同道合者之间的亲切感情,要不是全神贯注于客观世界——那个在艺术和科学工作领域里永远达不到的对象,那么在我看来,生活就会是空虚的。人们所努力追求的庸俗的目标——财产、虚荣、奢侈的生活——我总觉得都是可鄙的。

我对社会正义和社会责任的强烈感觉,同我显然的对别人和社会直接接触的淡漠,两者总是形成古怪的对照。我实在是一个"孤独的旅客",我未曾全心全意地属于我的国家,我的家庭,我的朋友,甚至我最接近的亲人;在所有这些关系面前,我总是感觉到有一定距离并且需要保持孤独——而这种感受正与年俱增。人们会清楚地发觉,同别人的相互了解和协调一致是有限度的,但这不足惋惜。这样的人无疑有点失去他的天真无邪和无忧无虑的心境;但另一方面,他却能够在很大程度上不为别人的意见、习惯和判断所左右,并且能够不受

---

① 这句话的德文原文是:"Ein Mensch kann zwar tun, was er will, aber nicht wollen, was er will."

诱惑要去把他的内心平衡建立在这样一些不可靠的基础之上。

我的政治理想是民主。让每一个人都作为个人而受到尊重,而不让任何人成为崇拜的偶像。我自己受到了人们过分的赞扬和尊敬,这不是由于我自己的过错,也不是由于我自己的功劳,而实在是一种命运的嘲弄。其原因大概在于人们有一种愿望,想理解我以自己的微薄绵力通过不断的斗争所获得的少数几个观念,而这种愿望有很多人却未能实现。我完全明白,一个组织要实现它的目的,就必须有一个人去思考,去指挥,并且全面担负起责任来。但是被领导的人不应当受到强迫,他们必须有可能来选择自己的领袖。在我看来,强迫的专制制度很快就会腐化堕落。因为暴力所招引来的总是一些品德低劣的人,而且我相信,天才的暴君总是由无赖来继承,这是一条千古不易的规律。就是这个缘故,我总是强烈地反对今天我们在意大利和俄国所见到的那种制度。像欧洲今天所存在的民主形式所以受到怀疑,这不能归咎于民主原则本身,而是由于政府的不稳定和选举制度中与个人无关的特征。我相信美国在这方面已经找到了正确的道路。他们选出了一个任期足够长的总统,他有充分的权力来真正履行他的职责。另一方面,在德国的政治制度①中,我所重视的是,它为救济患病或贫困的人做出了比较广泛的规定。在人生的丰富多彩的表演中,我觉得真正可贵的,不是政治上的国家,而是有创造性的、有感情的个人,是人格;只有个人才能创造出高尚的和卓越的东西,而群众本身在思想上总是迟钝的,在感觉上也总是迟钝的。

讲到这里,我想起了群众生活中最坏的一种表现,那就是使我厌

---

① 指1918年第一次世界大战结束时建立、1933年被希特勒推翻的"魏玛(Weimar)共和国"。本文最初发表时用的不是"德国的政治制度",而是"我们的政治制度"。

恶的军事制度。一个人能够洋洋得意地随着军乐队在四列纵队里行进,单凭这一点就足以使我对他轻视。他所以长了一个大脑,只是出于误会;单单一根脊髓就可满足他的全部需要了。文明国家的这种罪恶的渊薮,应当尽快加以消灭。由命令而产生的勇敢行为,毫无意义的暴行,以及在爱国主义名义下一切可恶的胡闹,所有这些都使我深恶痛绝!在我看来,战争是多么卑鄙、下流!我宁愿被千刀万剐,也不愿参与这种可憎的勾当。①尽管如此,我对人类的评价还是十分高的,我相信,要是人民的健康感情没有被那些通过学校和报纸而起作用的商业利益和政治利益所蓄意败坏,那么战争这个妖魔早就该绝迹了。

我们所能有的最美好的经验是奥秘的经验。它是坚守在真正艺术和真正科学发源地上的基本感情。谁要是体验不到它,谁要是不再有惊奇也不再有惊讶的感觉,他就无异于行尸走肉,他的眼睛是迷糊不清的。就是这样奥秘的经验——虽然掺杂着恐怖——产生了宗教。我们认识到有某种为我们所不能洞察的东西存在,感觉到那种只能以其最原始的形式为我们感受到的最深奥的理性和最灿烂的美——正是这种认识和这种情感构成了真正的宗教感情;在这个意义上,而且也只是在这个意义上,我才是一个具有深挚的宗教感情的人。我无法想象一个会对自己的创造物加以赏罚的上帝,也无法想象它会有像在我们自己身上所体验到的那样一种意志。我不能也不愿去想象一个人在肉体死亡以后还会继续活着;让那些脆弱的灵魂,由于恐惧或者由于可笑的唯我论,去拿这种思想当宝贝吧!我自己只求满足于生命永恒的奥秘,满足于觉察现存世界的神奇的结构,窥见它的一鳞半爪,并且

---

① 1933 年 7 月以后,爱因斯坦改变了这种绝对的反战态度,积极号召反法西斯力量武装起来,对抗法西斯的武装侵略。参见 1933 年 7 月 20 日给 A. 纳翁的信。

以诚挚的努力去领悟在自然界中显示出来的那个理性的一部分,即使只是其极小的一部分,我也就心满意足了。

(许良英　赵中立　张宣三　编译)
选自商务印书馆《爱因斯坦文集(增补本)》第三卷

爱因斯坦的《我的世界观》展示了这位大科学家在那个阴云密布的年代,作为一个有良知的普通人充满智慧的日常思维。读过之后,通常立于大学物理系门前满脸皱纹的爱因斯坦雕像在我眼中突然间活了起来,不再作闭目沉思状,而是目光炯炯,直指人心。书中无数格言警句,都具有震撼人心的效果,但最让我感佩的还是他的那些"夫子自道",这些话语并没有丝毫炫耀或标榜的意味,而是朴素地展示出在一个真正的知识分子心中,一个全面发展的"人"应该是怎样的。

——哲学家、美学家　邓晓芒

ZHU
DE
YONG

朗读者
朱德庸

朱德庸是中文世界最好的漫画家之一，他的漫画总让人在不自觉中嘴角上扬，会心一笑。无论是《双响炮》《涩女郎》，还是《醋溜族》《大家都有病》，他的每一部作品都堪称经典。

朱德庸生于中国台湾，天生热爱画画。他没有受过专业的美术训练，但从四岁开始，画画就是唯一能让他放松的事情。1985年，二十五岁的他每晚以手电筒照明，偷偷创作《双响炮》在报纸上连载，一炮而红，引爆了一波四格漫画的热潮。1989年，他开始连载《醋溜族》，受到年轻人喜爱，竟一直连载了九年多，创下了台湾漫画连载时间之最。朱德庸创作力惊人，创作视野颇广，他的作品既有探索两性与爱情的，也有展现人生百态的。他用赤子之心描绘的世界时常颠覆人们的认知。

朱德庸的幽默在方寸之间挥洒自如，所以很多人都难以想象他可能被社交障碍所困扰，活得并不快乐。他曾经拒绝画孩子，因为不想回望童年。如今，对于自己的辛酸往事，朱德庸早已释然。2007年起，他开始发表《绝对小孩》。他知道，还有很多孩子像曾经的他一样苦苦挣扎，他希望漫画的幽默能帮助他们走过人生的艰难阶段。

朗读者 ❀ 访谈

董　卿：你还记得十多年前是怎么开始创作《绝对小孩》的吗？

朱德庸：那是一个很特殊的日子。有一天早上我一个人起得比较早，把窗帘拉开了一点点，一道光就透进来。外面下着大雪，我坐在房间里面，突然好像回到了童年一样，我就开始画。我觉得我和我的童年就在那个时刻相遇了。

董　卿：每一个作家总是要在作品当中表达自己的内心。

朱德庸：我们每个人都有自己的童年，但我觉得在成长的过程里面，大家好像慢慢把自己的童年都忘了。《绝对小孩》就是唤起小时候的自己。

董　卿：但我也记得您曾经说过有两样东西绝对不画，一个是动物，一个是小孩，对不对？

朱德庸：是，我蛮讨厌小孩的。（笑）我记得我刚有小孩的时候，他到了两三岁我都不太理他。因为当时我觉得家里怎么可以又多了一个小孩？这整个家应该是我的。（全场笑）我觉得他是一个入侵者。我们在一起玩玩具的时候，我从来不让他，所以小孩跟我玩的时候常常被我弄哭。他会哭着去找他妈妈。有一天他妈妈跟他说："你不要看你爸爸个子长得这么大，其实他心里面住着一个小孩。"下一回我再跟他玩的时候，他就会鼻子"哼"一声，掉头就走，嘴巴会说："反正心里面有小孩，不理你了。"就这样。（全场笑）

董　卿：说说你自己真正的童年吧，你小时候是怎样的？

朱德庸：我的童年并不快乐，大家都不喜欢我。我曾经一度觉得就我

们家养的狗喜欢我,直到有一天它咬了我一口。我发觉……

董　卿：最后一个朋友也没有了。老师不喜欢你,主要是因为你成绩不好是吗?

朱德庸：对,那些对我来说都是噩梦。小的时候我常常会借故不去上学。早上我会跟爸爸说我身体不舒服。我爸爸会拿温度计,让我量量看,我就把温度计含在嘴巴里面。他会先离开一下,我就把温度计放在温水里面泡一下。我爸爸一看说:"哎呦,三十八点五(摄氏度)了,那就不要去上学了。"

董　卿：每次考试的时候会不会也特别尴尬?

朱德庸：考试这件事情一直都跟我没什么关系,反正考卷一拿来,对我来说都是无字天书。(全场笑)答案随我填。我记得有一次,我的算术老师看完我的考卷就把我叫到他的办公室去。他跟我说:"朱德庸,你真是一个数学天才!"我听了很开心,

结果他说:"你永远可以在你的答案上创造出根本不存在的数字。"(全场笑)

董　卿:那个时候画画是让你觉得最快乐的一件事情吗?

朱德庸:非常快乐,画画变成我的心理治疗了。为什么这么说?因为我在学校常常会受到老师的批评、同学的排挤。一个小孩反抗世界的能力是很弱的。我唯一的办法就是回到家之后开始在纸上画,所有刚刚在学校欺负我的老师或同学都被我画在漫画里,我会用各种方法让他们死得很惨。(全场笑)

董　卿:你的爸爸妈妈会不会为你感到烦恼?

朱德庸:我父亲是一个非常温和的人。第一,他不骂我;第二,他曾经带我去动物园玩过。他跟我讲:"你有没有注意到动物园有狮子,有老虎,有大象,有猴子?如果你是狮子,就做一只狮子;如果你是大象,就做一只大象;不要轻易地改变自己。"

董　卿:每个人都有各自的天分,如果我们一定要用会不会爬树去衡量一条鱼的能力,它会绝望的。

朱德庸:其实我今天有机会能够画画,是因为父亲对我的帮助非常大。小时候大家都很穷,不可能买个笔记本在上面画,他就帮我买纸,用线帮我缝成一本册子,当我的册子快要画完的时候,第二天我会在桌子上又发现一本新册子。(掌声)

　　过了很多很多年,我才知道我小时候学习那么差其实是因为学习障碍。我的复健老师是做儿童心理辅导的,在一个很偶然的情况下,他才开始发觉我的反应有点奇怪。他说我可能有所谓的亚斯伯格症。

董　卿:亚斯伯格症其实是一种没有智能障碍的泛自闭症。

朱德庸:是。根据研究,它是遗传,所以我觉得很多事情是很有趣的。

我再回过头来看我和我父亲关系的时候，我才知道我父亲可能也有亚斯伯格症。

董　卿：他很沉默吗？

朱德庸：他很少说话，我和父亲的交流很少。我记得去看父亲最后一面的时候，我们面对面。父亲问我，你最近好不好啊，我说还不错；过一会儿我再反问父亲说，你好不好啊，父亲就说很好啊，我们两个就这样对坐着。父亲一言不发地坐在那儿，永远是微笑的。我们就这样大概对坐了一个半小时。事后回想起来，我都不知道那是我最后一次见到他。

董　卿：你太太曾经说，你很有趣，经常会在临睡前说："拜拜，我要回到我的童年去了。"

朱德庸：我一直相信我的童年存在于另外一个空间里面，它并没有消失。我觉得时光机是确实存在的。当我拿起我父亲曾经帮我缝的那本画册，在那一刹那，画册就是我的时光机，我可以想到我父亲帮我车线那一天的温度，那一天的光影，太阳的颜色，甚至空气的味道。我无时无刻不在寻找自己。我常常觉得，小孩看世界是用心，大人看世界是用眼睛，但是眼睛往往会骗人。（掌声）

董　卿：你今天要为我们大家读些什么呢？

朱德庸：我今天想读一个东西，献给小时候的我。

董　卿：你写了一段给你自己小时候的话吗？

朱德庸：是的。我还要把它献给曾经拥有过童年的你们。

朗读者 ❈ 读本

写给童年的一封信

朱德庸

你不认识我,但我认识你很久了,我必须承认,有很长一段日子我几乎把你忘了。我再度想到你是 2000 年,那年我的孩子九岁,我陪着孩子过他的童年时,我自己也再重新过了一次童年,那时我才把你,从我记忆的墙角找了回来。

我写这封信给你,是想要谢谢你,每当我的人生碰到一些困惑及彷徨时,你给了我方向。那个方向也许不符合社会价值观或众人的期望,但却符合我自己内心的感觉,那种感觉就是一种快乐和知足。

你充满了对人生的各种疑问,现在的我可以给你一些答案。

你曾问:幸福是什么?幸福不是一辈子平顺富有,而是找到一个可以陪你度过人生逆境的人。

人生是什么?人生就是一座迷宫,你花前半生找入口,然后花后半生找出口。

幽默是什么?幽默就是一扇想象力的旋转门,可以把你从阴湿幽暗的地窖,瞬间转到艳阳高照的海滩。

成功是什么?成功是,就算所有的价值观都变成钱的时候,你还是不违反你的"梦天性",永远拥有梦。

我不确定这些答案是否正确,也许二十、三十年后的我会再写信给我,如同我现在写给你。当我再迷惘时我会乘着脑中的时光机器去找你,让你告诉我我是谁。

　　谢谢你,小时候的我,我会和你一起,用我们自己单纯的方式,在这个时代里慢慢向前走。献给读完会心一笑的你们。

J I N
S H A N G
Y I

朗读者

靳尚谊

2018 年是中央美术学院成立一百周年，是中国美术学院成立九十周年，很多人都把这一年称为中国现代美术的纪念年。靳尚谊是中央美术学院在任时间最长的院长，如今已八十四岁了。

在美术界，靳尚谊被誉为少有的精准掌握了西方古典油画精髓，同时开创了中国油画"新古典主义学派"的艺术家、教育家。从 1958 年起，他的油画作品就不断参加全国美术展览，多幅历史画被博物馆收藏。八十年代，他以大量肖像油画作品产生了广泛的社会影响。之后，他将中国传统的美学观念与欧洲古典油画技巧相结合，形成了更为鲜明的个人风格。他的《十二月会议》《塔吉克新娘》《青年歌手》《画家》《晚年黄宾虹》等作品都是中国当代油画的代表作。

从靳尚谊六十多年的创作来看，他是一个从不停歇的学习者、研究者和探索者。他辛勤耕耘，精进技艺，在中国油画尤其是肖像艺术领域获得了极高的成就。同时，他也是一个充满热忱的艺术教育者、传播者，在他看来，油画对于中国的意义不仅是在原有的民族艺术中增添一个画种，更是增添了一种文化的载体。在他的影响和教授下，中国涌现出一批优秀的油画家，让人们真正认识了中国油画。

朗读者 ❦ 访谈

董　卿：2018年是中央美术学院成立一百周年，您先跟大家说说，您在中央美术学院度过了多长岁月？
靳尚谊：我是1949年夏天考上这所学校的，由1949年到现在，有六十多年了。
董　卿：快七十年了。
靳尚谊：对，这样的经历是很难得也很少见的。
董　卿：您能跟我们说说那时候学校是什么样子吗？
靳尚谊：那时候的北京城就是现在的二环路以内，城外是农村。原来王府井的"U字楼"有三十多亩地。抗日战争胜利以后，政府派徐悲鸿来接管这个学校，也带来一批教员。
董　卿：虽然说学校不大，可是学校里的大师很多，现在再听那些名字，如雷贯耳啊！徐悲鸿、李可染、叶浅予、吴作人……
靳尚谊：当时这些老师大部分是三十七八岁，吴作人大一些，四十岁多一点儿。徐悲鸿是五十岁多一点儿。
董　卿：您还记得入校后第一次看见徐悲鸿先生是在什么时候吗？
靳尚谊：他是校长，平常很少见。我入学半年以后，就是一年级的时候第一次见到他。他很关心教学，到我们一年级去调整作业。当时每画完一张石膏头像，课代表就根据好坏排顺序。这课代表把我的画排在前头了，但是徐悲鸿来了以后，看了看，把我的那幅给挪到后头了，把后头一个挪到前头了。
董　卿：为什么？
靳尚谊：这就是一个评价艺术的标准问题，我后来体会到了。

董　卿：您当时服气吗？

靳尚谊：我当然服气啊。我考美院之前都不知道有这个专业。我家庭困难，再往上升学，学费交不起。我父亲的一个朋友是国立北平艺术专科学校的，他说这里的学费是公费，还有助学金可以管饭，我就因为这个来考了。他还说："你小时候也画过画，还可以嘛！"一考试就考上了，我考到了甲等第二十名。（掌声）

　　1950年，国立北平艺术专科学校改成了中央美术学院，当时有三个系。因为我画得还可以，就到绘画系了。现在的北京展览馆当时叫苏联展览馆，1954年在那儿有个大规模的油画展。我们本科的时候没有西方美术史课，所以那是我第一次看到真正的欧洲油画原作。

董　卿：对您是有触动的？

靳尚谊：我非常喜欢。在相当长的时间里，美院考生的第一志愿都是油画。

董　卿：我们看到今天在台上展示的这些画里，有一幅是靳老的第一幅油画作品。

靳尚谊：就是戴红领巾的小孩，这是1954年画的。我那个时候没有画过油画，对油画的知识也完全没有。现在看起来，素描、造型还说得过去，颜色简单了一点。

董　卿：这要是您学生的一幅画，您给打多少分？

靳尚谊：这很难说了，现在都是专业的了。（笑）

董　卿：及格吗？

靳尚谊：能说得过去，及格。（全场笑）我们国家的油画史应该是从二十世纪初开始的，就是第一代留法的人回来以后，建了西方式的美术学校，比较早的有上海美术专科学校，1918年建的国立北京美术学校，还有国立杭州艺术专科学校，他们起了一个引进的作用。我认为五十年代应该是中国油画的第二阶段。

董　卿：在您求学的过程当中，哪位先生给您留下的印象最深啊？

靳尚谊：董希文先生，他教了我很长时间，从本科到研究生他教了我两三年。他给了我很多启示，比如如何创作作品，一个艺术家如何对待他的每张作品。他画《开国大典》，那是1951年交给他的任务。1956年，他到长征路上写生，回来画了一幅《春到西藏》。他用的是西方油画的技术，还吸收了壁画的特点：春天的阳光下桃花盛开，几个藏民在劳动。第三是1957年建军三十周年。他的第三张画跟前面完全不一样了，画的是士兵夜里在草地露营。他告诉我，这张画应该反映艰苦年，所以他用蓝色和黑色。这对我的启发很大：创新思维不是一个艺术家的最高标准，而是起码的基本素质。你没点儿创新思维，就不要学艺术。就是这么回事。（掌声）

董　卿：您特别注重画人，无论是历史人物、知识分子还是普通人。您坚持画人的最重要的原因是什么？

靳尚谊：西方发达国家的油画最主要的是人物画，要通过一个人的形象表现他很丰富的情感和经历。我为什么画瞿秋白？因为瞿秋白是我们党早期的领导人之一，我就想画他在狱中临死前回顾一生的状态：在很艰难的环境里，他在低头思考，旁边还有他写的文字。因为我是中国人，我要表现中国人的形象，为中国人造像，表现中国人的精神气质。这是一个中国画家的职责。（掌声）

董　卿：1987年，您成为中央美术学院新一任院长，而后有十四年的时间您一直在院长的职位上，那是您1949年入校的时候没有想到的吧？

靳尚谊：想都不敢想。那时候学校处在一个改革的时期。1979年我到德国去，就发现德国的所有美术学院都有设计专业。我就知道了，设计在经济发展以后是一个非常重要的专业，所以我建了设计和建筑专业。现在，我们的设计发展得很快。一个人，或者外国人一下飞机看到的所有东西，我们美术学院的专业里都得有。（掌声）

董　卿：当年周恩来嘱托徐悲鸿先生，国立北平艺术专科学校一定要为人民培养出更多的艺术人才。这有没有成为咱们中央美术学院的一种传统呢？

靳尚谊："尽精微，致广大"现在是我们的校训了。作为校训，它有很宽广的意思，包括做人做事。

董　卿：这也体现了中央美术学院师生修身治学、研创报国的精神。今天很高兴，中央美术学院的现任院长范迪安先生也来到了我们的现场，我们掌声欢迎他！

范迪安：2018年是中央美术学院建校一百周年，我感受到了两个形象：一个形象是我们几代美院人的身影，他们在不同的时期都努力探索，既心怀天下，又埋头耕耘。另外一个形象就是作品，人生只是时间长河中的浪花，而作品可以是时代历史的丰碑。一大批反映革命历史主题的绘画，以人民英雄纪念碑的浮雕为代表的大批雕塑艺术，还有像国徽、政协会徽，包括马上要举办的北京2022年冬奥会的会徽设计，可以说几代艺术家就是用自己的艺术体现与时代同行的理想。在中国的古代画论中有一句经典，叫作"笔墨当随时代"，其实讲的就是艺术家能够和时代形成一种内在的共鸣，又能够以美的创造来回馈社会。（掌声）

董　卿：一百年前，以美育代宗教的理想开创了中国现代美术教育的新纪元；八十年前，在中华民族最危难的时刻，以救亡图存为己任的艺术家们会聚在了延安宝塔山下；随着中华人民共和国的诞生，中国美术教育以艺术为人民服务的信仰和情怀在不断开拓着新的天地。一切教育是因人民而有的，这些光愈是神圣，便愈是为人民而点起的，而这一切的顶巅是理想。接下来的时间我们要把舞台交给靳先生、范院长，交给我们的师生代表，和大家一起来分享他们对美院的感情以及对中国美术这些年发展的最深切的感受。欢迎各位！

遗　嘱

[法]　奥古斯特·罗丹

青年们，想做"美"的歌颂者的青年们，在这里你们找到一个长期经验的撮要，这也许对于你们是高兴的事。

坐在你们以前的大师，你们要虔诚地爱他们。

在菲狄亚斯和米开朗基罗的面前，你们要躬身致敬。崇仰前者神明的静穆和后者犷放的忧思吧。对于高贵的人，崇仰是一种醇酒。

可是要小心，不要模仿你们的前辈。尊重传统，把传统所包含永远富有生命力的东西区别出来——对"自然"的爱好和真挚，这是天才作家的两种强烈的渴望。他们都崇拜自然，从没有说过谎。所以传统把钥匙交给你们，而靠了这把钥匙，你们会躲开陈旧的因袭。也就是传统本身，告诫你们要不断地探求真实，和阻止你们盲从任何一位大师。

但愿"自然"成为你们唯一的女神。对于自然，你们要绝对信仰。你们要确信，"自然"是永远不会丑恶的；要一心一意地忠于自然。在艺术家看来，一切都是美的，因为在任何人与任何事物上，他锐利的眼光能够发现"性格"，换句话说，能够发现在外形下透露出的内在真理；而这个真理就是美的本身。虔诚地研究罢：你们不会找不着美的，因为你们将要遇见真理。奋发地工作罢。

诸位雕塑家，你们心里要加强领会深度的意义。心灵是不易和这个概念融洽起来的，这个概念明显地表现的，无非是些平面；从厚度来想象形体，这件事会使心灵感到困难，但这正是你们的任务。

　　首先，要明确地安排你们要雕刻的形象的大的"面"，要鲜明地强调你对人体每个部分，头、两肩、盘骨、腿所支配的方向。艺术要有决断。由于线条的显然的来龙去脉，你们才能够深入空间而获得物体的深度。当你们把面处理好以后，一切也就找着了；你们的雕像已经有了生命——其他细节自己会来，而且自会安排。塑造的时候，千万不要在平面上，而是要在起伏上思考。

　　希望你们领悟到，所有面积，好像是正在它后边推动的体积的最外露的一面。你们要设想形象正迎着你们，向你们突出。一切生命皆从一个中心上迸生出来，然后由内到外，滋长发芽，灿烂开花。同样，在美好的雕刻中，人们常常猜得出是有一种强烈的内在冲动。这就是古代艺术的秘密。而你们，画家们，也要从深度上去观察现实。譬如说，你们瞧拉斐尔的一幅肖像画吧。当这位大师表现一个人物的正面像的时候，他使胸部斜侧，因此给我们深度的幻觉。

　　一切的大画家都是探测空间的，他们的力量就是在这一厚度的概念中。你们要记住这句话：没有线，只有体积。当你们勾描的时候，千万不要只着眼于轮廓，而要注意形体的起伏。是起伏在支配轮廓。

　　你们要毫不松懈地锻炼，必须专心致志。

　　艺术就是感情。如果没有体积、比例、色彩的学问，没有灵敏的手，最强烈的感情也是瘫痪的。最伟大的诗人，如果他在国外，不通其语言，他能做什么呢？不幸在新一代的艺术家里面，有不少拒绝学习怎样说话的诗人，所以他们只能含糊其辞了。

　　要有耐心！不要依靠灵感。灵感是不存在的。艺术家的优良品质，无非是智慧、专心、真挚、意志。像诚实的工人一样完成你们的工作吧。

　　你们要真实，青年们；但这并不是说，要平板地精确。世间有一种低级的精确，那就是照相和翻模的精确，有了内在的真理，才开始有艺术。希望你们用所有的形体，所有的颜色来表达种种的情感吧。

只满足于形似到乱真，拘泥于无足道的细节表现的画家，将永远不能成为大师。要是参观过意大利境内的墓地的话，无疑地你们会注意到那些负责装饰墓地的艺术家，多么幼稚地，在他们的雕像上，专以模仿刺绣、花边、发辫为能事。也许这些做得精确，但既然不是出于自己的心灵，也就不会真实。

几乎我们所有的雕塑家，都使人联想起意大利墓地的雕塑。在我们公共广场的雕像上，所能识别的只是些衣服、桌子、椅子、机器、氢气球、电报机，没有一点内在的真理，也就没有一点艺术。你们要厌恶这些旧货铺里的东西。

你们要有非常深刻的、粗犷的真情，千万不要迟疑，把亲自感觉到的表达出来，即使和存在着的思想是相反的。也许最初你们不被人了解，但你们的孤寂是暂时的，许多朋友不久会走向你们——因为对一人非常真实的东西，对众人也非常真实。可是不要扮鬼脸、做怪样来吸引群众。要朴素、率真！

最美的题材摆在你们面前：那就是你们最熟悉的人物。

不幸早逝的我的亲爱的、伟大的欧仁·加利哀，就是以画他的妻子和他的子女而显示出他的天才。歌颂母爱，足以使他崇高。所谓大师，就是这样的人：他们用自己的眼睛去看别人见过的东西，在别人司空见惯的东西上能够发现出美来。

拙劣的艺术家永远戴别人的眼镜。

要点是感动，是爱，是希望、战栗、生活。在做艺术家之前，先要做一个人！巴斯加尔说过，真正的雄辩是看不出雄辩的；同样，真正的艺术是忽视艺术的。这里，我再举加利哀为例：在每次展览会里，大部分的画幅不过是画而已；至于他的画幅，在别人的作品之中，好像开向生命的窗子！

你们要欢迎正确的批评，这是你们容易识别的。当你们被围在疑难之中，使你们不再犹豫的就是这些批评。可是不要被自己的良心不能接受的批评伤害了你们。不要怕不公平的批评，这种批评会激起你们的朋友的反感，会逼得他们在对于你们的同情上加以思考；而当他们明白并觑破这些批评的动机以后，他们对你们的同情会更加明显地表露出来。

如果你们的才艺是新颖的，那么最初志同道合的只能很少，而敌人很多。但你们不要失望，前者将会得到胜利，因为他们知道为什么爱你们；而你们的敌人不知道为什么你们使他们讨厌。前者热爱真理，时时替真理吸收新的信仰者；后者对于自己的谬见，不会有经久的热诚。前者坚忍不拔，后者随风而转。真理的胜利是决然的。你们不要浪费时间，在交际场中或政治圈里去拉关系。你们会看到许多同行，勾心斗角，谋求富贵——这些不是真正的艺术家；可其中不乏聪明的人。如果在他们的地盘上打算和他们争名逐利，你们将和他们同样浪费时间，就是说耗尽你们的一生，那就再不剩一分钟的时间给你们去做一个艺术家了。

你们要热爱你们的使命——没有比这个使命更美好的了。它比世俗所想的高尚得多。

艺术家留下伟大的榜样。他尊重自己的事业：他最珍贵的酬报是做好工作的喜悦。现在，唉！有人劝工人——为了他们的祸患——去憎恨自己的工作，破坏自己的工作。当一切人都有艺术家的灵魂，就是说人人都快乐地从事他们的职业，那时候，世界才会幸福。

艺术又是一门学会真诚的功课。真正的艺术家总是冒着危险去推倒一切既存的偏见，而表现他自己所想到的东西。因此他教同道们要率直坦白，试想多么神奇的进步立刻就能实现，如果人类都是绝对爱好真理的话！啊！我们的社会将要多么快地把过去存在的错误与丑恶除掉，而且我们的世界将会何等迅速地变成乐园！

奥古斯特·罗丹

（沈琪　译）
选自人民美术出版社《罗丹艺术论》

　　奥古斯特·罗丹是十九世纪法国最有影响的雕塑家，也是西方雕塑史上一位划时代的人物。他一生热爱艺术，既是创造家，又是理论家。他在垂暮之年口述完成《罗丹艺术论》，既科学总结了欧洲雕塑史，又精炼概括了个人经验。当年傅雷任教于上海美术专科学校时，曾翻译此书作为"美学讲义"发给学生。这篇《遗嘱》也被收入此书，罗丹言辞恳切，向青年艺术家倾吐了他毕生的艺术体验，希望能启悟来者，开启法门。

——编者

1940年滕固校长寄言国立艺专毕业生

滕　固

本届毕业同学诸君：

今日在这荒村中，四壁萧然的环境里，略备粗劣茶点与诸君话别，我不禁生起无限的感慨，特简单与诸君说一说：

现在我们神圣的抗战已到最高阶段正在胜利可必的时候，国际风云也愈加紧张，我们应该感觉着自己责任之重大，而且也应该怎样坚定我们必胜的自信心。

我们为什么到这里的？全校师生为何流离转徙到了这乡间？这一段沉痛的经历印在每一个人的心上，永远不会磨灭，而我们每一次围叙，就有每一次新的检省。稍有血气的人，当然感觉到应该怎样将自己拔出这环境，创造光明的将来。于是我们自己知道，在这里我们不是作山林隐逸之士，而且这地方也不是世外桃源。

学府由来是民族复兴的策源地，譬如德国柏林大学便是很好的先例。当年Fichte所贡献于德国民族者，到今天我们更确定其伟大的价值。

无庸说，现在诸君都是要上前线的民族复兴的战士。我所耿耿在怀者，便是诸君的训练尚未十分充足，虽诸君的意识皆能在正道上向前发展，然而学殖与能力还有多少应该增益的地方。因为现在都是青年，正来得及兼程迈进，我也正希望因这一点而渐能减轻我所抱的殷忧。

诸君所操的武器是艺术。我曾反复说过，我们这新时代的艺术，其特质必为笃实雄健，表现我民族的美德，足以陶铸一个开物成就的世代，而使之绵延无极。肩荷这一个使命，我们自觉责任匪轻。怎样以平实深厚的素养为根基而上达崇高伟大的极诣，这几年来诸君早已熟闻，此及应当以全力实践。在我国这样的时代是汉、唐，在欧洲是希腊时代、文艺复兴时代，庶几相近。至若舍本逐末，趋小道，尚新奇，蔽于物欲，堕于畸形，为我们今日所当切戒。

现代艺术学者，大都致力于追寻创造的渊源，求其精神因素之所在。虽然学说分歧，大致是归到艺术家的人格，这人格不单是伦理的而是包举其人之精神，行业以及时代反映等之总体。有第一等人物，才产生得出第一等的作品，我从来不希望你们落入第二等。中外历史上第一等的艺术家不少，古人之所能者，今人应该也能，西洋人之所能者，我们又何尝不能，所谓"有为者亦若是"，这是我们时时刻刻应当共勉的。

滕　固
一十九年六月二十五日

（本文由中央美术学院教授张立辰朗读。）

这封信今天读起来，依然令人胸内如沸。这些年，国内各高校办学资源越来越多，调门越来越高，而学界对西迁时期教育的怀念却从不削减，究其根源，应该是大家都意识到，当下高校在"大楼"林立之际，所匮乏的不止梅贻琦校长所谓的"大师"，更有滕固校长"清宵自省，悚惕兼怀"的忧患意识与自省精神。

——中国美术学院副院长　高士明

白石老人自述（节选）

齐白石

民国二十一年（壬申·一九三二），我七十岁。正月初五日，惊悉我的得意门人瑞光和尚死了，享年五十五岁。他的画，一生专摹大涤子，拜我为师后，常来和我谈画，自称学我的笔法，才能画出大涤子的精意。我题他的画，有句说：

画水钩山用意同，老僧自道学萍翁。

他死了，我觉得可惜得很，到莲花寺里去哭了他一场，回来仍是郁郁不乐。我想，人是早晚要死的，我已是七十岁的人了，还有多少日子可活！这几年，卖画教书，刻印写字，进款却也不少，风烛残年，很可以不必再为衣食劳累了，就自己画了一幅《息肩图》，题诗说：

眼看朋侪归去拳，那曾把去一文钱。
先生自笑年七十，挑尽铜山应息肩。

可是画了此图，始终没曾息肩，我劳累了一生，靠着双手，糊上了嘴，看来，我是要劳累到死的啦！

自沈阳沦陷后，锦州又告失守，战火迫近了榆关、平津一带，人心浮动，富有之家，纷纷南迁。北平市上，敌方人员，往来不绝，他们慕我的名，时常登门来访，有的送我些礼物，有的约我去吃饭，还有请我去照相，目的是想白使唤我，替他们拼命去画，好让他们带回国去赚钱发财。我不胜其烦，明知他们诡计多端，内中是有肮脏作用的。况且我虽是一个毫无能力的人，多少总还有一点爱国心，假使愿意去听从他们的使唤，那我简直对不起我这七十岁的年纪了。因此在无办法中想出一个办法：把大门紧紧地关上，门里头加上一把大锁，有人来叫门，我先在门缝中看清是谁，能见的开门请进，不愿见的，命我的女仆，回说"主人不在家"，不去开门，他们也就无法进来，只好扫兴地走了。这是不拒而拒的妙法，在他们没有见着我之时，先给他们一个闭门羹，否则，他们见着了我，当面不便下逐客令，那就脱不掉许多麻烦了。冬，因谣言甚炽，门人纪友梅在东交民巷租有房子，邀我去住，我住了几天，听得局势略见缓和，才又回了家。

我早年跟胡沁园师学的是工笔画，从西安归来，因工笔画不能畅机，改画大写意。所画的东西，以日常能见到的为多，不常见的，我觉得虚无缥缈，画得虽好，总是不切实际。我题画葫芦诗说："几欲变更终缩手，舍真作怪此生难。"不画常见的而去画不常见的，那就是舍真作怪了。我画实物，并不一味地刻意求似，能在不求似中得似，方得显出神韵。我有句说："写生我懒求形似，不厌声名到老低。"所以我的画，不为俗人所喜，我亦不愿强合人意，有诗说："我亦人间双妙手，搔人痒处最为难。"我向来反对宗派拘束，曾云："逢人耻听说荆关，宗派夸能却汗颜。"也反对死临死摹，又曾说过："山外楼台云外峰，匠家千古此雷同。""一笑前朝诸巨手，平铺细抹死工夫。"因之，我就常说："胸中山气奇天下，删去临摹手一双。"赞同我这见解的人，陈师曾是头一个，其余就算瑞光和尚和徐悲鸿了。

我画山水，布局立意，总是反复构思，不愿落入前人窠臼。五十岁后，懒于多费神思，曾在润格中订明不再为人画山水，在这二十年中，画了不过寥寥几幅。本年因你给我编印诗稿，代求名家题词，我答允各作一图为报，破例画了几幅，如给吴北江（闿生）画的《莲池讲学图》，给杨云史（圻）画的《江山万里楼图》，给赵幼梅（元礼）画的《明灯夜雨楼图》，给宗子威画的《辽东吟馆谈诗图》，给李释堪（宣倜）画的《握兰簃填词图》，这几幅图，我自信都是别出心裁，经意之作。

（本文由中央美术学院教授孙景波朗读。）

齐白石自传最大部分是他口述，而由他的晚辈亲戚张次溪笔记的，最后一小部分据张君说是白石亲自写的。这是一篇很好的自传，很好的理由是朴实无华，而且充满了作者的乡土气味。我常觉得最动人的文学是最真诚的文学。不掩饰，不玩弄笔调，以诚挚的心情，说质朴的事实，哪能使人不感动？

——教育家、思想家　罗家伦

中央美术学院成立献辞

徐悲鸿

我国数千年受专制封建长期统治，人民自无幸福可言，但在文化部门造型美术上是有成绩的。当然，这是劳动者的成绩。诚如周扬同志所说，皇宫虽是皇帝要盖的，但它是由劳动人民的手造成的。我以为对于我国文化大半可以用如此看法。

现在人民做了主人，一切为人民服务。毛主席指示我们首先应为工农兵服务，因为世界是他们创造的，我们又有共同纲领。启蒙人民的政治觉悟，鼓励人民的劳动热情。方向明确，我们再来整理、批判、承继我国祖先遗产，以及吸取世界遗产以创造出大众的、科学的、民族的新中国美术，这是我们必须肩负的责任。

以往我们为专制的统治者服务且有如此业绩，我们现为人民服务应当有更进步的收获、更辉煌的成就以迎接新中国的胜利和文化建设高潮的到来。我以无限兴奋和愉快的心情庆贺中央美术学院成立，并预祝其中工作同志及全体同学有光辉灿烂的前途。

一九五〇年四月一日

（本文由中央美术学院院长、中国美术家协会副主席范迪安朗读。）

执掌北平艺专和担任中央美术学院首任院长后，徐悲鸿先生始终将教书育人视为事业生命，注入满腔赤忱。他把美术教育看作提高国民素质、改造旧文化之要本，倾心培养新型美术人才。他引入西学，强调"科学"与"写真"的理性精神，高度重视素描作为造型基础的价值，形成了一套系统的美术教育方法与教学范本，培养和影响了大批功力深厚、富有创见的艺术家。与此同时，他广纳天下贤士，团结了一大批身份、学派、观念各异的优秀艺术家，共筑美术教育事业的大厦，推进了中国现代美术教育的前行之路。

——中央美术学院院长 范迪安

代后记一

加强传统文艺节目创新

慎海雄

(中宣部副部长,中央广播电视总台党组书记、台长)

坚定"四个自信",弘扬主旋律,传播正能量,坚守国家媒体的社会责任和担当,狠抓精品创作,中央广播电视总台近来推出了一大批"叫得响、传得开、留得住"的优秀节目。《朗读者》就是其中的代表。

自 2017 年第一季播出后,《朗读者》反响热烈、好评如潮;今年播出的第二季,立意更巧妙新颖,视野更开阔宏大,内容更扎实丰富,形式更生动亲民,做到了"百尺竿头,更进一步",获得更加广泛的社会关注。基于第一季节目编撰的《朗读者》图书,已经成为广大读者竞相捧读的畅销书,很多青少年读者通过阅读,了解到这些嘉宾的人生故事,开启经典阅读的旅程。《朗读者》的成功启示我们,电视文艺工作者只要坚定文化自信,勇于坚守、善于创新,真正做到用心用情用功,就能够用诚意和创意打动人心,就能够做出人民群众喜闻乐见的好作品,就能够跨越"高原"攀上"高峰"。

我们将进一步坚定文化自信,坚持守正创新,坚守中华文化立场,打造更多高品质、高品位、高品格的作品,让节目更加有筋骨、有道德、有温度,更能够体现出思想之美、文化之美、艺术之美。我们将加大传统文艺节目创新,强化优秀人才培训、选拔力度，提高内容制作能力，让优势更优、强者更强。我们将把握新媒体发展规律，海阔天空去想，脚踏实地去干，用最新的科技和创意吸引年轻受众，营造生机勃勃、充满活力、人人自豪的氛围。

在今年的法兰克福书展上，《朗读者》同名图书的精选版，已经签出了六个国家八个语种的外文版，成为讲好中国故事，向世界展现真实、立体、全面中国的一个范例。在国际传播能力建设中，我们将深化合作传播，注重"借嘴说话"，用好外国主流媒体平台，主动宣介习近平新时代中国特色社会主义思想，主动讲好中国共产党治国理政的故事、中国人民奋斗圆梦的故事、中国坚持和平发展合作共赢的故事，让世界更好地倾听中国、读懂中国，将更多中华文化精品节目推向世界，在交流交融中彰显中华优秀文化的持久魅力，彰显新时代中国人的精气神。

"锐意改革创新，壮大主流舆论，努力打造具有强大引领力、传播力、影响力的国际一流新型主流媒体。"我们将深入贯彻落实习近平总书记的贺信精神，发挥优势，弥补不足，不断改进创新，不断打磨提升，把《朗读者》等优秀文化品牌做得更响亮。我们将集中力量、心无旁骛地打造精品力作，为人民提供丰富的精神食粮，更好地担当引领示范作用，为传播中华优秀文化、培育践行社会主义核心价值观做出更大贡献。

代后记二

惯性奔跑

董卿（口述）

1

这一季《朗读者》开始的时候，我焦虑得不得了，因为第一季反响太好了，盛名之下，你还能怎么去做第二季？第二季的开篇，也遇到了不少的困难，不光是经费的问题，很多别的困难。但我觉得还是咬牙要做。

为什么一定要克服所有的困难去做这件事情呢？

因为有很多人在等，很多人会问，怎么没了？可能是我自作多情，我就觉得在中央广播电视总台这个平台上，或者在今天的中国电视这个行业里边，还是应该有《朗读者》第二季的出现。它应该继续往前走，让喜欢它的人看到。

和其他节目比起来，《朗读者》的意义在于能够"见人"，我觉得所有的艺术创作里面，最触动人心的就是人，没有什么比这个更宝贵了。人的精神、人的品质，还有人的遭遇，这是我能够倾注我所有心血去做的。

我对内容有一种别人不太能理解的狂热，比如说我们的嘉宾采访大约是两个小时，两个小时意味着听打稿可能有两万字左右，甚至三万字。我要把那三万字的稿子反复看几遍，因为划稿子的时候已经和录制隔去很长的时间了，然后你还要再回忆当时的状态，他的语速，你要进入到他讲话的一个语境当中，要想象他好像还在你的对面，然后根据那个语境开始划稿，把两万字划成两千字。我有很强烈的完美主义，接近强迫症的边缘吧，每一个字都是我一个一个划出来的，多一个字少一个字都会觉得不舒服。

做后期就是在机房里一宿一宿地熬，你知道电视是一帧一帧画面做出来的，那个画面永远有修改的余地，一坐十几个小时可能就坐过去了。

你问我有没有发过脾气，我记得有一次把一个导演训哭了。我们有一个嘉宾丘成桐，目前世界上最好的数学家，数学奖的大满贯，像菲尔兹奖、克拉福德奖，这些都是所谓数学界的诺贝尔奖。他曾经是哈佛大学数学系的系主任，到现在依然活跃在世界的数学领域。我觉得这样的嘉宾能够请来很不容易，来了以后，他朗读《归去来辞》，大屏幕上用竖版把读本打出来，跟随他的朗读，一行一行字出现，但那个字幕和朗读的速度永远对不上，一遍、两遍、三遍，那个数学家很耐心，一遍读、两遍读、三遍读。

整个结束之后，我记得我当时特别愤怒。我就说太不专业了，怎么可以这样去浪费大家的时间，我说你知道丘成桐对世界意味着什么，如果你没有敬畏心，我说你不配做这个节目组的导演，他的时间是以分秒来计算的，因为我们耽误了他很多时间，他的一个小时、两个小时、三个小时，那也许就是人类的一大步，对吗？

当时发完脾气过后我也会有点内疚，别人就慢慢变得有点害怕你了。我可能太以专业性为目的，这个可能会让我不经意伤害到不少原本很喜欢我的那些人。

我们最后一场录制是在今年的6月9号,录完最后一个嘉宾,时针已经指向了6月10号的凌晨两点了。大家就稍微庆祝一下,在现场开了一瓶香槟,然后切蛋糕、拍照,很多工种就散了。

最后二十几位核心导演留下来,就在舞台上,我说每个人都说几句话吧,平时都是你们在听我说,现在我也很想听你们说。到了告别的时候,我才知道原来每个人身上都有故事,有人说着说着就哭。我们这一年多的时间,团队里有人离婚了,有人大病,有家人生病,有自己在写论文、答辩,大家都是焦头烂额的过程。

这些他们平时都不敢跟我讲,我才知道自己实在不是邻家大姐姐的那种领导风格。我也觉得很内疚,原来可能觉得这人没有投入足够的精力,做得不够好。因为我不允许自己这样,所以让他们什么都不敢跟我讲。我就觉得有点愧疚吧,毕竟团队大家也都很努力。但是我依然觉得,走完这个过程,最终的收获是他自己,不管这个过程当中你是表扬他也好,责备他也好,成长是最重要的。

《朗读者》对我自己也是一样的,最大的收获就是你发现你还有成长的可能。哎,你做得可以了,你已经做到顶了,我大概在好多年前就听到这个话,其实每个人依然有成长的可能,这个成长不只是在专业领域,还有很多别的方面。

2

《朗读者》请过一位嘉宾吴孟超,是中国著名的肝脏外科医生,他读的是张晓风的那篇《念你们的名字》,写给医学院的学生的。"你需要学多少东西才能免于自己的无知……你要怎样自省,才能在千万个病人之后免于职业性的冷静和无情。"其实任何职业都要提防"职业性的冷静和无情"。

我在 2012 年的时候,就遇到了这种所谓的"职业性的冷静"。那段时间蛮痛苦的,就是所有交到你手上的节目,你觉得都是一样的。那些娱乐节目——我不知道这样说好不好——现在有时候看那些节目,依然会觉得那只是在做无谓的消耗。那时候我还远远不知道未来有《朗读者》的出现,但是我已经知道有些节目我不想再做了,不想再那样重复。

我在中央台安身立命十六年,最骄傲的一点是我百分之百地投入,但 2012 年我发现我做不到了,你会觉得特别痛苦。而且这种东西出现的时候只有你自己知道,别人看不出来。因为你的职业表达是很容易遮盖掉一些东西的,但是慢慢久了别人会知道,而且久了你会退步的。

我决定自己按一下暂停。

我从 2013 年的下半年开始申请美国的学校,到 2014 年主持完春晚,这中间有七八个月的时间,所有的细节都在准备当中,在几个学校之间反复地选。当时晚上整宿睡不着,特别地恐惧,没有安全感。因为你已经决定了,但是没有人知道你决定了,你也不知道你的决定会带来什么。

我当时其实已经做好了最坏的打算,就是回来没有我的位置了,因为这个行业的竞争也很激烈,而且我花了将近二十年才走到这一步,只有我知道我为它付出了多少,不是那么轻而易举的。曾经在我心里,只有工作是最重要的,我可以为了它什么都不要。我不考虑结婚，也不考虑生孩子，从来没有把任何事情看得比这件事情还要重要。

当时我父母坚决反对（出国），他们的理由是你四十岁了，留学是二十岁时候做的事情。我说我二十岁的时候，没有这样一个机会，我觉得我缺失。很多人说，你在国内学学不行吗？你停下来，你去报个什么班。我知道那停不下来的，只要你还在北京，在国内，就会有工作给你派下来，你没法说完全彻底地停下来。

后来就去了南加州大学。

我尽量地不去想在国内的事情，给自己多安排点课程。不上课的日子，就漫无目的地在学校里溜达，觉得阳光好得刺眼。

在国外读书的日子，其实就是克服那种恐惧感的过程，让自己真正地平静下来。那时我连微信都没有，只偶尔地看手机新闻报，iPad只有两个界面，一个是英汉辞典，还有一个是菜谱，因为我要自己做饭。我让自己的每一天都非常规律，不管是在学校有人认识你还是没人认识你，都让自己觉得是一件平常的事情。不管在课堂上能提问还是不能提问，听懂了还是没有听懂，都让自己不要焦虑。

这个过程，你不能说像重生，它像在打磨你的心灵。慢慢地，真的就切换到了非工作模式，一天、两天，半年、一年，你就不会想着我要去工作。打个不恰当的比方，就是你离开了一个你很爱的人，时间让你慢慢不那么想他了，不是说不爱了，也不是说遗忘了，只是不那么想了。你每天有更多的时间想别的事情。

打破平静的是哈文的一个电话。2015年春节前,她给我打电话,说让我主持春晚,我觉得不太可能,当时已经有整整一年没有化妆,没有穿高跟鞋,也根本不考虑穿哪条裙子还是哪条裤子的问题,我不在那个状态了,不知道还能不能以很好的状态回到舞台上。

所以我就拒绝了,后来她又追了两个电话回来。你知道那个时候在那么遥远的地方,组织上对你这么信任,说你一年没有站在这个台上了,依然邀请你回来参加最重要的这个节目,你的心里还是会有很大的安慰和满足,觉得好像大家还很惦记你啊,于是就回来了。

那年主持春晚感觉很神奇,觉得很开心,就像是久别重逢。你发现有些东西是在你的血液里的,就像你学会骑自行车,你可能十年不骑,你还是会骑。你掌握了某种语言,可能你很久不说它,你还是会说,就是这种感觉。

我当时还有一种感觉,如果再有人来找我做节目,我一定做一些我真的想做的节目,而不再只是简单地重复过去了。所以才有了后来的《挑战不可能》《中国诗词大会》,还有《朗读者》。

3

在主持了十三年春晚之后,2018年没有主持春晚,其实挺意外的。

除了意外,就是有些舍不得,好像还没有做好充分的心理准备离开这个舞台。之前也听到了一些传闻,因为按照我们的经验，到一定的时候就应该会有通知要上春晚，然后也没有得到这个通知，慢慢地想到大概就是这么回事儿了吧。

有很多朋友来安慰我，大家也都是因为喜欢你，就说怎么会这样。你要在调整自己的时候，还不得不拿出很多的精力去安抚别人。

那年春节是和爸妈一起过的，我们就全家一起在家里做年夜饭，看了春晚，然后休息，特别正常的一天。家里的气氛没有觉得有什么不对，因为不做春晚的那种心理上的波动在春节之前就已经慢慢过去了。

很多人说我去美国读书是自动的一个刹车，现在想来好像冥冥中自有安排。那个时候你已经在磨炼了，内心也在翻滚，也在煎熬，但是慢慢地，你能放下恐惧和担忧。这个恐惧是什么？说穿了，无非是你不能再站在中央的一种恐惧。你知道自己也许会走下坡路的恐惧，然后你强迫自己去做一种改变，去学习，去思考，去寻找新的方向，去为未来成为更好的自己做准备。

我现在还记得 2005 年是第一次主持春晚，那届郎昆是总导演，他给我打了一个电话，就说咱们准备准备可以进组了，一定要保密啊，千万不能告诉别人，就是父母也不能说啊。我憋了两天以后，还是没忍住给我妈打了一个电话，说你不能对外面说哦，现在还没有公布。当时觉得非常幸福，似乎实现了自己的一个梦想。那个时候也是先听到了很多传闻，说你有可能上今年的春晚噢，心里开始暗暗地希望它的发生。到了 2018 年，也是听到了传闻，说可能不上今年的春晚了。

多有意思啊,一切都仿佛是在轮回,发生着一些相似的场景,但是内容却大不相同。

我真的用尽全力了,春晚没有出现,心里一定会有波动的,但是我还是很庆幸我做了足够多的努力,这些努力让你在得到的时候,觉得很踏实,在失去的时候,也不会有太多的遗憾,因为我已经全力以赴了。

4

我爸爸是农村长大的孩子,老家条件也很苦,爷爷过世很早,奶奶又是农村妇女,家里特别贫穷。我父亲骨子里就认为一定要勤奋,要刻苦才能改变命运,这是他的人生信条,这种人生观深深地影响了我。他让我从小要做家务,要读书,要练习长跑,要锻炼所有的独立生活的能力。

这种严苛的教育可能曾经伤害过我,但是现在也觉得,任何事情都有它的两面性。我现在自己有孩子了,我还是觉得对孩子严格一些更好,但是现在因为工作的缘故,很少能照顾到自己的孩子,更多的要交给我的父母来帮我照顾,隔代的教育就会宠溺很多,很多时候我觉得没有原则,心里就会暗暗地纠结,我想有一天要把小朋友带在我的身边,我要好好地管教他。

这种教育的弊端就是让你觉得不太自信,你必须要做得比别人好很多,你才有自信心。如果你跟别人差不多,你就觉得自己不如别人,经常会产生出一些不安全感。还有一个就是,你不喜欢依赖任何人,你只靠自己。所以为什么我很多时候亲力亲为，是我不喜欢去埋怨别人做得不够好，我只能自己去做。

我在工作当中是充满防备的，充满战斗性的。我以前累到一年做一百三十多场，累到摔到尾椎骨第四节骨裂，然后瘸着拐着撑下来，累到生理期紊乱，整个脸全都是痘痘，再累都没有说。

确实一直很紧张，我也不知道怎么松弛。可能跟我的成长环境有关系，我们这一代人成长于二十世纪七十年代末到八十年代初，那是整个中国社会发生剧变的一个时代。就是你突然之间明白了，你可以有机会改变自己的命运，你可以比自己的父辈们过得更好。而你的确也抓住了一些机会，你会变得越来越紧张，你获得的越多，你的负担也越大。

在美国读书的时候有一些朋友，他们说你可以松弛一些，我说你们美国人是富裕时间太久了，所以都比较懒散。他们的确很放松，一周五天的工作日过后，一定去休假，一定周末关机。我刚去的时候被他们逼疯了，周末所有的房屋中介都关机，我说我要租房子，全部是留言，不会有人回复你，一定到礼拜一才回你。我想我们国内的中介是多么勤奋啊，你发什么他马上给你找房源。

因为不想辜负这些来之不易的机会，所以我会那么努力，不管交给我什么，我都能够百分之百地超出导演的想象去完成。我并没有觉得有比别人更强的地方，但是你只要把这个事情交给我，我一定不会让你失望的。

我们有撰稿人给主持人写好台本，那我一定不会完全只按照这个台本说的，我会把只按照台本说看成是我的一种失职。我的记忆力非常好，一个十页纸的台本，我大概两个小时能够全背下来，但是，你就敢上台了吗？那是多么可笑的一件事情。

二十年前我敢，二十年前我更关注的是，我怎么样把我的头发弄弄好，我要从哪儿借套更好看的衣服，我一定要比站在我边上的人更白、更高、更瘦，那样才好。但是后来，我不知道是从什么时候开始的，有一天我就觉得，这样对吗？可能是到了中央台以后，对，应该是到了中央台以后。因为你发现你准备过的一些东西得到了认可，中央台的确是个大平台，你的一点点优点会被无限放大。

我是2002年到北京的，头几年也过着跟大家一样的北漂生活，租房这些都不用再讲。那时候我在西部频道主持《魅力12》，那个频道是新的，在华东地区不落地，我爸妈在上海根本看不到。那两年觉得挺窝囊，就是你做得很辛苦，可是没有人知道你在干什么。直到有一天，我坐出租车，司机说："你是那个《魅力12》的主持人吗？那个节目挺好的。"后来做了一年多之后，有台领导在会议上说，西部频道《魅力12》那个节目做得不错，那个主持人也不错，然后3套才会关注到12套有这么一个主持人。我才知道，其实你去做了，就会有人看到，得到鼓励之后，我会花更多的时间去做，然后会形成一种工作理念。

现在的危机感可能来自对自己能有多少超越，跟自己之间的那种较量。

你有没有注意到这一季的札记，很多都是我特别喜欢的话。"生命的意义是如此厚重,无论我们怎样全力以赴都不为过。因为我们生而为人,生而为众生。"我是一个活得特别用力的人,用力不够的话我自己会觉得不过瘾,你会觉得日子似乎白过了,多可惜啊。

(《人物》记者张月整理)